AFTER

A GRAPHIC NOVEL

VOLUME 1

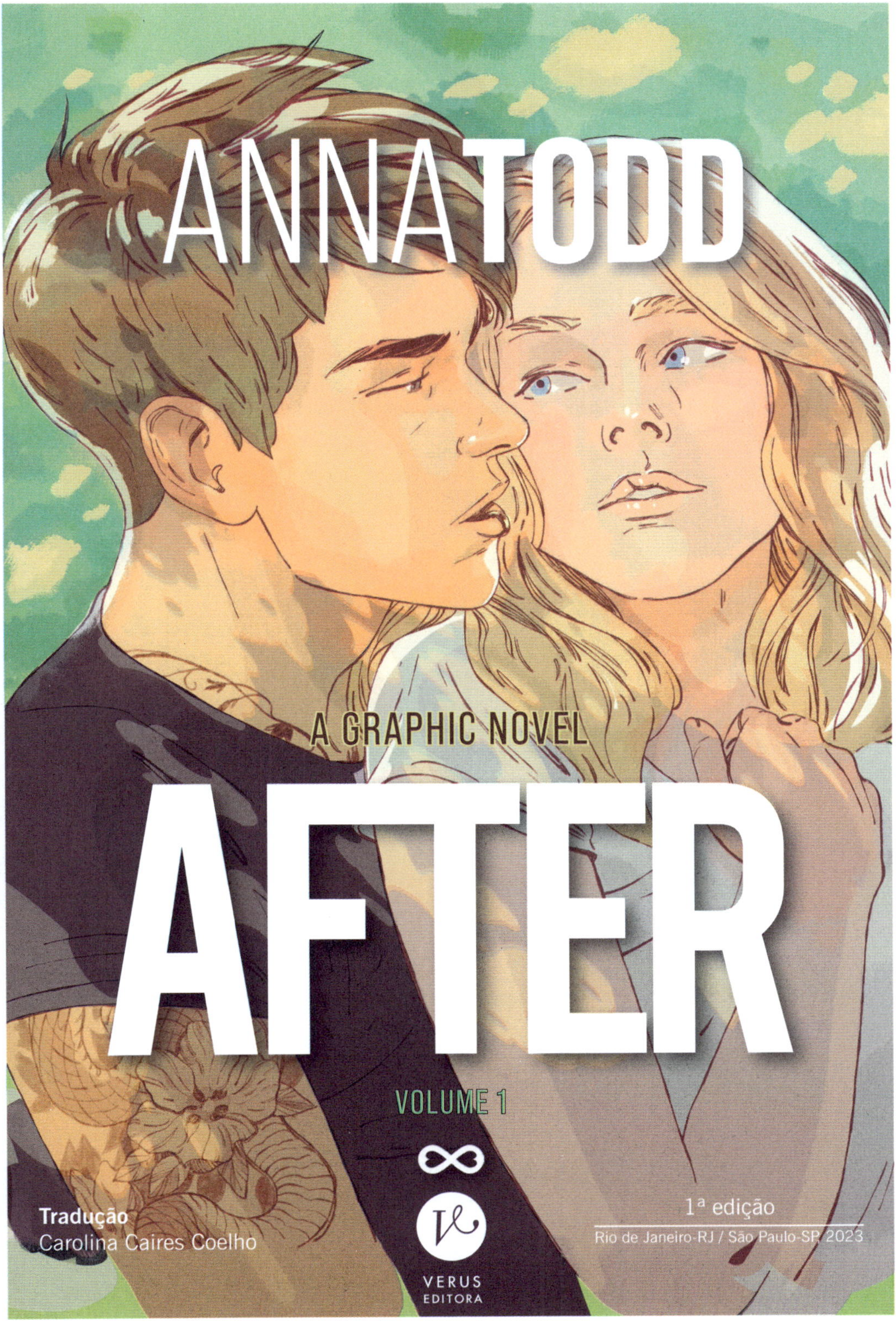

ANNA TODD

A GRAPHIC NOVEL

AFTER

VOLUME 1

Tradução
Carolina Caires Coelho

VERUS EDITORA

1ª edição
Rio de Janeiro-RJ / São Paulo-SP, 2023

Título original
After: The Graphic Novel, volume 1

ISBN: 978-65-5924-154-5

Verus Editora Ltda.
Rua Argentina, 171, São Cristóvão, Rio de Janeiro/RJ, 20921-380
www.veruseditora.com.br

CIP-BRASIL. CATALOGAÇÃO NA FONTE
SINDICATO NACIONAL DOS EDITORES DE LIVROS, RJ

T568a
Todd, Anna
After : a graphic novel, vol. 1 / Anna Todd ; [ilustração Pablo Andres] ; tradução Carolina Caires Coelho. - 1. ed. - Rio de Janeiro : Verus, 2023.

Tradução de: After : The Graphic Novel
ISBN ISBN 978-65-5924-154-5

1. Ficção inglesa. 2. Histórias em quadrinhos. I. Andres, Pablo. II. Coelho, Carolina Caires. III. Título.

23-82316 CDD: 741.5
CDU: 741.5

Meri Gleice Rodrigues de Souza - Bibliotecária - CRB-7/6439

Sempre achei a faculdade *essencial*.
Mas não fazia ideia de que iria envolver *tanta* coisa além dos estudos.

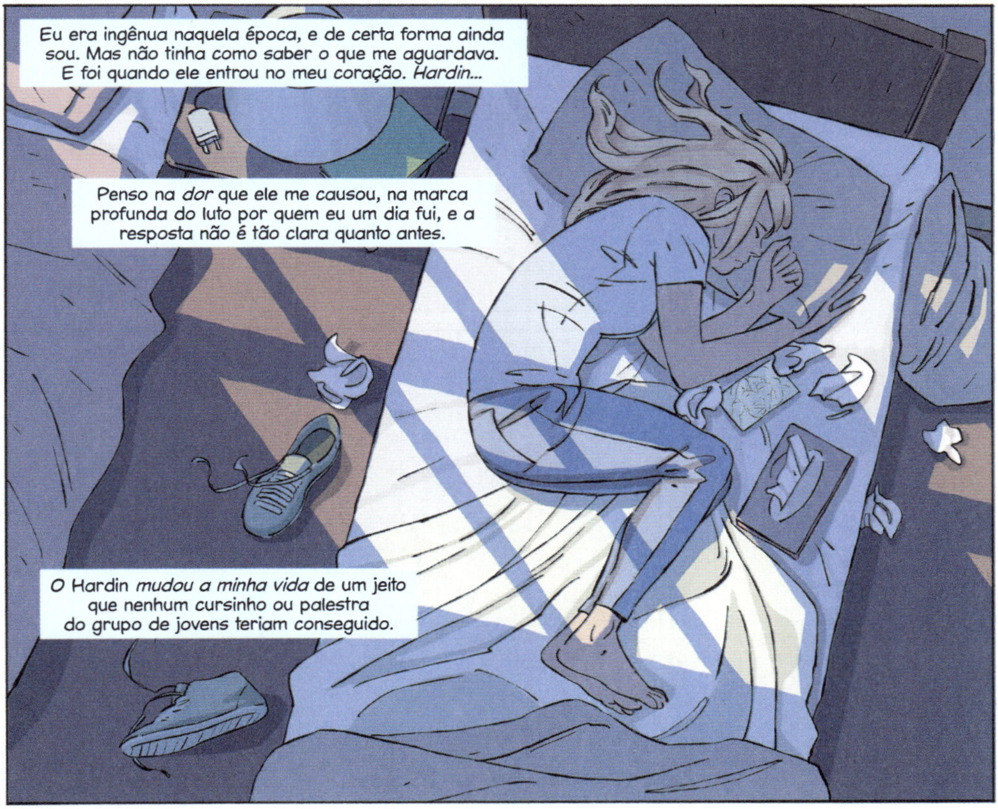
Eu era ingênua naquela *época*, e de certa forma ainda sou. Mas não tinha como saber o que me aguardava. E foi quando ele entrou no meu coração. *Hardin...*
Penso na *dor* que ele me causou, na marca profunda do luto por quem eu um dia fui, e a resposta não é tão clara quanto antes.
O Hardin *mudou a minha vida* de um jeito que nenhum cursinho ou palestra do grupo de jovens teriam conseguido.

Só consigo ter a certeza de que a minha vida e o meu coração *nunca mais* vão ser os mesmos depois que o Hardin chegou atropelando tudo.

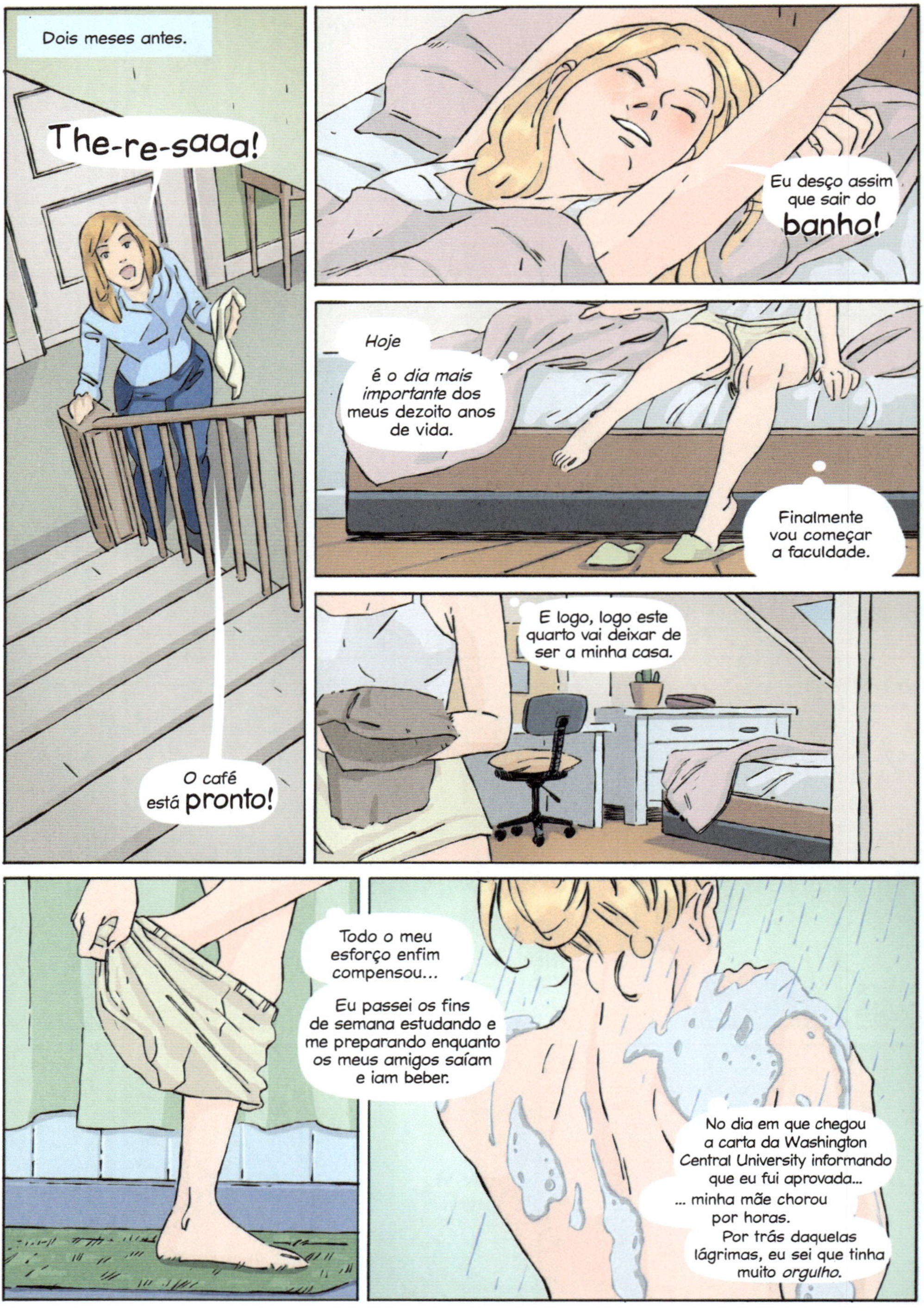
Dois meses antes.
The-re-saaa!
O café está pronto!
Eu desço assim que sair do banho!
Hoje
é o dia mais importante dos meus dezoito anos de vida.
Finalmente vou começar a faculdade.
E logo, logo este quarto vai deixar de ser a minha casa.
Todo o meu esforço enfim compensou...
Eu passei os fins de semana estudando e me preparando enquanto os meus amigos saíam e iam beber.
No dia em que chegou a carta da Washington Central University informando que eu fui aprovada...
... minha mãe chorou por horas.
Por trás daquelas lágrimas, eu sei que tinha muito orgulho.

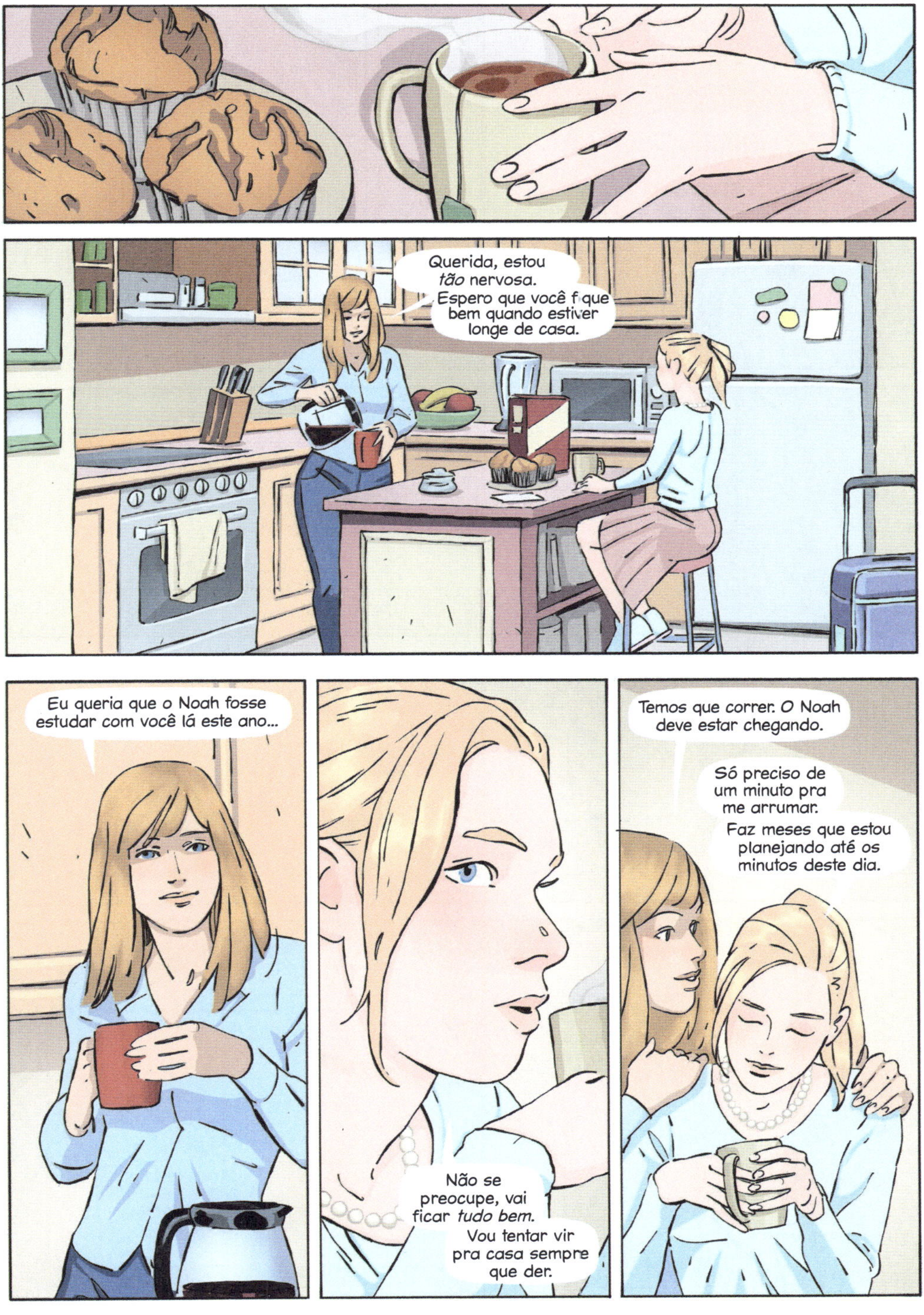
Querida, estou *tão* nervosa.
Espero que você fique bem quando estiver longe de casa.
Eu queria que o Noah fosse estudar com você lá este ano...
Não se preocupe, vai ficar *tudo bem*.
Vou tentar vir pra casa sempre que der.
Temos que correr. O Noah deve estar chegando.
Só preciso de um minuto pra me arrumar.
Faz meses que estou planejando até os minutos deste dia.

Noah, *promete* que vai me ver?
Sim, claro.
Você sabe que eu vou sentir muito a sua falta.
Chega, gente. Vamos nos atrasar.
Estou ficando meio nervosa. Não vou conhecer ninguém lá.
Querida, a casa vai ficar tão vazia sem você.
Mãe...
Você sabe há *dezoito anos* que este dia ia chegar!
E como a gente combinou, Tessa, eu vou te encontrar lá no ano que vem.

Chegamos!
WCU
Uau!
É tão linda quanto parecia nos folhetos e no site.
Não acredito que você está na *faculdade!*
Minha única filha...
... uma universitária, morando sozinha.
O corredor está um pouco cheio demais, né?
Espero que o seu quarto seja...
B 22
B22.
Meu *quarto!*

Oi, eu sou a Steph, a sua nova colega de quarto.
Ai, meu **Deus!**
Mas que lugar é este?!
O-Oi. Eu sou a Tessa.
Bem-vinda à WCU,
onde os quartos são minúsculos...
... e as festas são *iradas.*
TOC TOC!
Oi,
você é a nova colega de quarto da Steph?
Hum... sou.
Essa é a Tessa, ela é *gente boa!*
Eu sou o Nate.
Não precisa fazer essa cara de assustada.
Você vai *adorar* isto aqui.
Estou *pronta,* meninos.
A gente se vê, Tessa.

Uma hora mais tarde, depois de escutar a minha mãe me alertar contra os perigos das festas e dos caras da faculdade...
Você vai tomar cuidado, não vai, querida?
Vou. Não se preocupe.
Te espero no carro, Noah.
Tá bom!
Vou sentir falta de ter você comigo todos os dias.
Também vou sentir saudades, mas podemos nos falar o tempo todo.
Te ligo à noite.

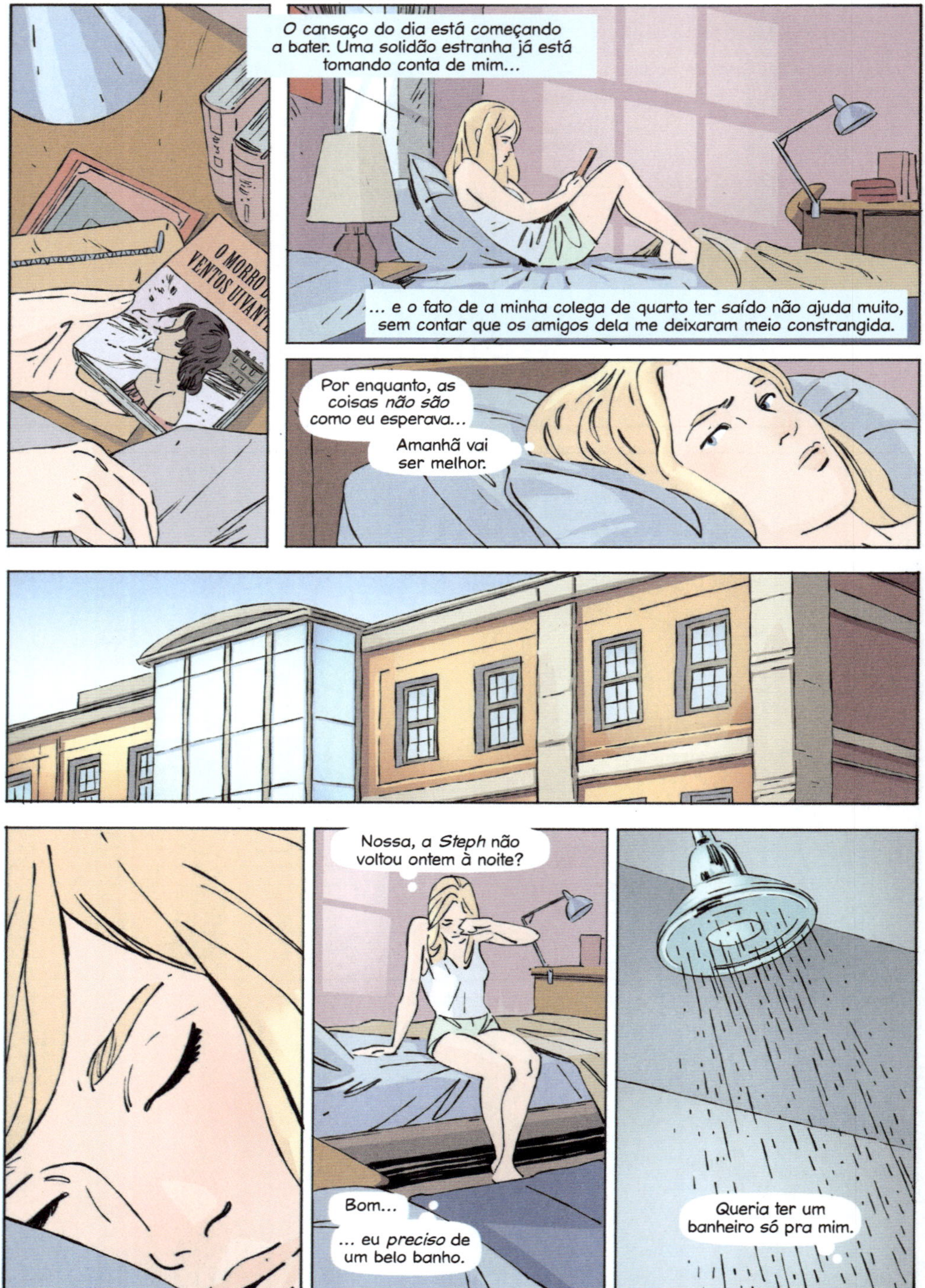
O MORRO DOS VENTOS UIVANTES
O cansaço do dia está começando a bater. Uma solidão estranha já está tomando conta de mim...
... e o fato de a minha colega de quarto ter saído não ajuda muito, sem contar que os amigos dela me deixaram meio constrangida.
Por enquanto, as coisas *não são* como eu esperava...
Amanhã vai ser melhor.
Nossa, a *Steph* não voltou ontem à noite?
Bom...
... eu *preciso* de um belo banho.
Queria ter um banheiro só pra mim.

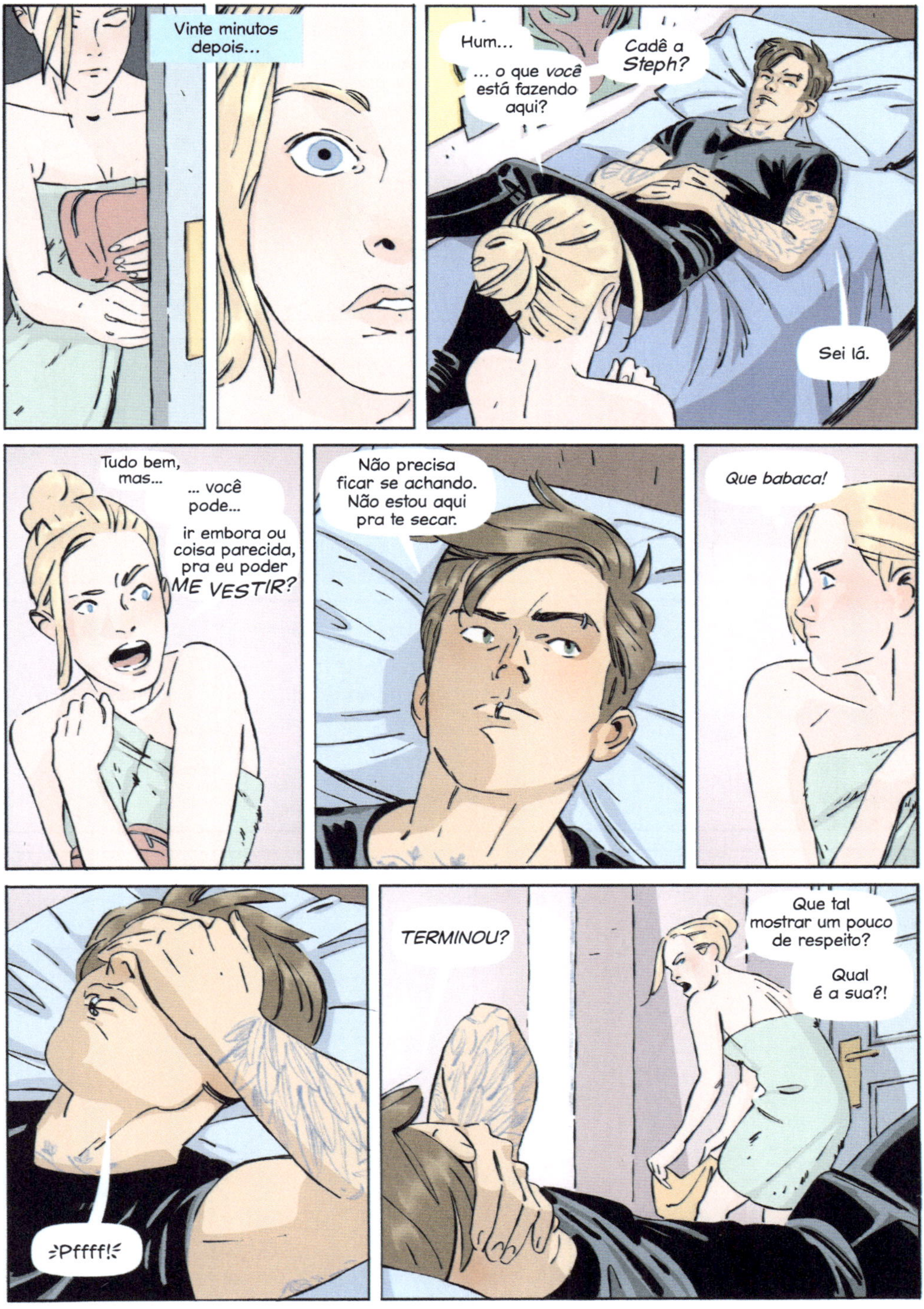

Vinte minutos depois...
Hum...
... o que você está fazendo aqui?
Cadê a Steph?
Sei lá.
Tudo bem, mas...
... você pode...
ir embora ou coisa parecida, pra eu poder ME VESTIR?
Não precisa ficar se achando. Não estou aqui pra te secar.
Que babaca!
Pffff!
TERMINOU?
Que tal mostrar um pouco de respeito?
Qual é a sua?!

Foi mau, Tessa...
Esqueci de te avisar que o Hardin ia dar uma passada aqui.
Estou com uma ressaca daquelas.
Seu namorado é um grosso.
HA HA HA HA HA HA HA HA HA HA HA HA HA HA HA
Hardin Scott NÃO é meu namorado!
Vai rolar uma festa hoje...
Você devia ir com a gente, Tessa.
Não sou muito chegada em festas.
Eu pretendia ler e conversar com o Noah pelo Skype.
Ah, vamos...
POR FAVOR?
Vai ser demais, e além disso a gente vai poder se conhecer melhor.
Fala sério, Steph...
... você sabe que essa menina não vai com a gente.
Quem ele pensa que é com esse sotaque britânico?
Quer saber?
Eu vou.
EBA! LEGAL!

Até mais.
Fico feliz quando o Hardin *finalmente* vai embora, porque assim a Steph e eu podemos fofocar sobre a festa. Preciso de mais detalhes para me acalmar.
Onde é a festa?
Tecnicamente, é uma festa de *fraternidade* em uma das maiores repúblicas daqui.
Fica *fora* do campus, por isso não tem como ir andando, mas...
... o Nate vem buscar a gente.
Que bom que não vai ser o Hardin...
... ficar com ele no carro deve ser *insuportável*.
Por que ele é tão *babaca*?
Pelo menos eu sou educada quanto às nossas diferenças.
Não estou julgando o cara, mesmo ele tendo destruído o corpo com *furos* e *tatuagens*.
Beleza, vamos nos arrumar.

Mas...
... isso **NÃO** é roupa...
... são pedaços de tecido.
Ai...
... você é *tão* certinha.
Doeu fazer essas tattoos?
A primeira doeu um pouco.
É meio como ser picada sem parar por uma abelha.
Mas você se acostuma.
Você não vai vestida *desse jeito*, né?
O que tem de errado com o meu vestido?
Nada...
... é que ele é tão...
... *comprido.*
É o meu vestido *preferido*, e não tenho *tantos* assim pra escolher.
É bonito.
Só acho meio *formal* demais pra uma festa.
Quer pegar um dos meus?
Obrigada, Steph, mas eu prefiro usar esse mesmo.

Quer usar a minha maquiagem?
Acho que eu *nem sei* passar maquiagem direito.
Talvez um pouquinho de delineador?
O roxo vai ficar **DEMAIS** com os seus olhos!
Nate
O Nate chegou.
E AÍ!

Senhoritas...
Você sabe que a gente está indo a uma festa, não à IGREJA, né, Theresa?
Por favor, não me chame de Theresa.
Eu prefiro Tessa.
Como é que ele sabe o meu nome?

O Hardin sumiu dentro da casa, o que é ótimo, porque assim eu não preciso olhar para a cara dele pelo resto da noite.
Oi! *Esta* é a Tessa, *minha colega de quarto.*
Ela chegou ontem.
Bem-vinda à WCU!
Oi!
Eu sou o Zed.
Qual é o *seu* curso?
É...
... Inglês.
Ha!
Legal.
Eu curto flores.
Flores?
Como assim?
Quer uma bebida?
Ah, não.
Eu não bebo.
Que ideia da Steph trazer a *Miss Frescura* pra festa!

Miss Frescura?
Eu não sou *nada* fresca...
... mas me esforcei e estudei *muito* pra chegar aonde eu cheguei.
Vou tomar um ar.
Saudade.
Não estou me divertindo muito.
Por que não?
Também estou com saudade, Tessa
Merda, desculpa! Foi mau.
Estou *encharcada* e vou passar a noite fedendo a álcool!
Preciso achar um banheiro.

Opa!
Precisa de **ALGUMA COISA?**
Ai, não... Desculpa.
E-Eu estou procurando o banheiro.
Ah, é?
Então ache um!
Por enquanto não estou curtindo a faculdade nem um pouco.
Não consigo entender como é que uma festa assim pode ser divertida.

Vou limpar o meu vestido na cozinha...
Pelo menos lá não vou encontrar dois universitários bêbados e cheios de hormônios se pegando. De novo.
Que ótimo!
E aí, se divertindo?
Não muito...
Quanto tempo essas festas duram?
A noite toda...
... e *metade* do dia seguinte.

Espera aí.
Quem vai levar a gente de volta pro dormitório?
Não sei...
Pode pegar o meu carro, se quiser.
Valeu por oferecer,
mas *não posso* pegar o seu carro. Se eu bater...
Você nem bebeu.
Vai com o meu carro.
Senão eu posso ver se alguém...
Não, tudo bem.
Eu me viro.
Eu devia ter pensado bem antes de vir pra cá.

23:53
Noah
Você tá aí, Tessa?
Noah
Ei? Tudo bem por aí?
Noah
Tessa? Devo ligar pra sua mãe? Tô ficando preocupado.
Ai, minha mãe não.
Ela vai ter um *treco*!
Ele não está atendendo.
Vou mandar mensagem.
Eles *só* estão dançando, Tessa.
É...
... eu sei...

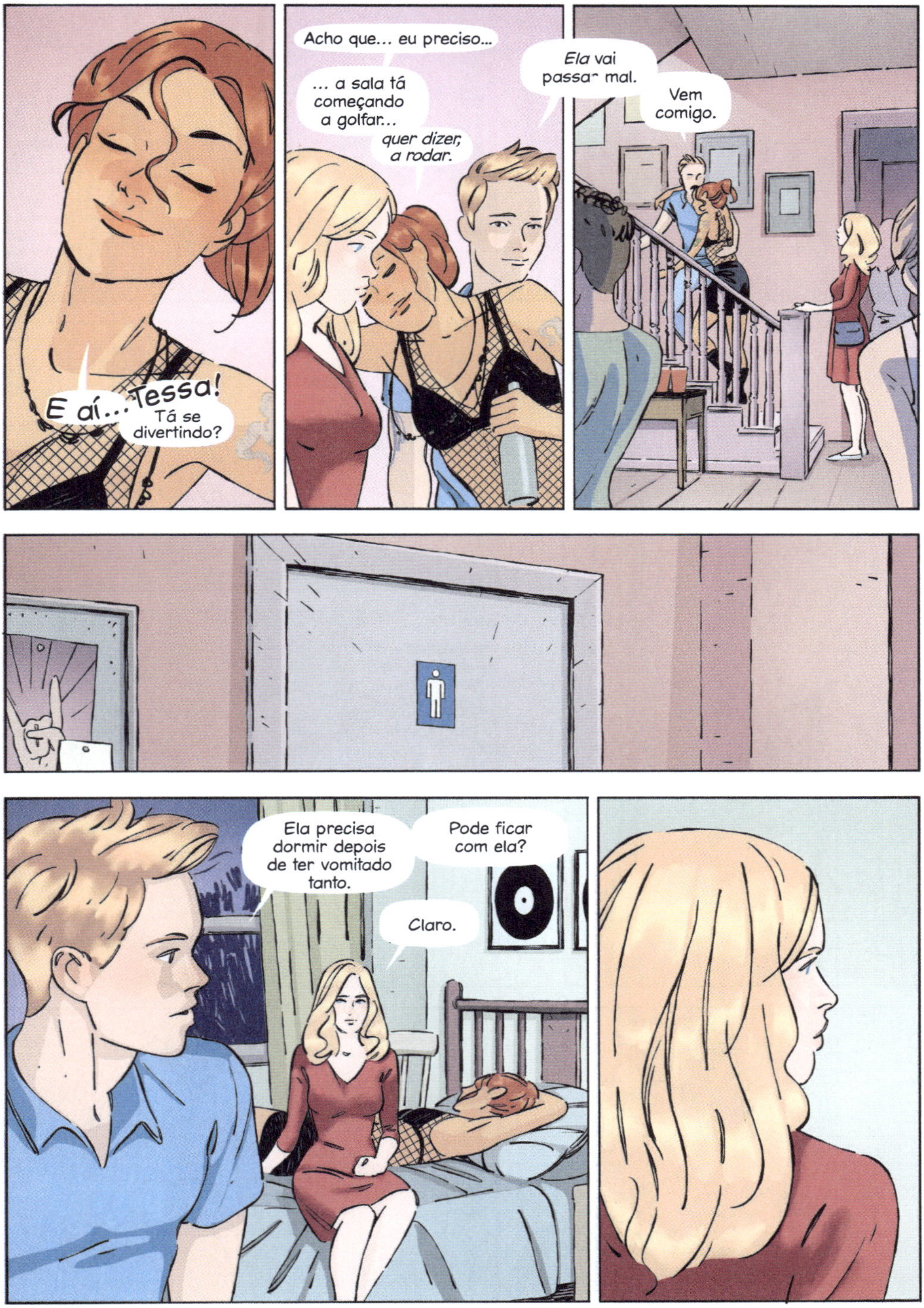
E aí... Tessa!
Tá se divertindo?
Acho que... eu preciso...
... a sala tá começando a golfar...
quer dizer, a rodar.
Ela vai passar mal.
Vem comigo.
Ela precisa dormir depois de ter vomitado tanto.
Pode ficar com ela?
Claro.

Por que *você* tá no meu quarto?
Quarto dele?
Ele mora nesta fraternidade?
Orgulho e Preconceito
Eu perguntei...
... que *porra* você tá fazendo no meu quarto.
O Nate me falou pra trazer a Steph pra cá...
... ela bebeu demais.
Ela não pode ficar aqui.
Ele tá falando sério?

Por que não?
Eu *pensei* que vocês fossem amigos.
Ninguém fica no meu quarto.
Ah... *entendi.*
Só as meninas que você *pega* podem entrar aqui?
Se está *tentando* dizer que quer me pegar,
desculpa, você *não é o meu tipo.*
Quem ele pensa que é?
Ele também não é o *meu* tipo.
Bom...
... então leva ela pra outro quarto você mesmo.
Boa noite, Theresa.
BAMM!
Queria que ele parasse de me chamar de *Theresa*!

Não consigo controlar as lágrimas quando chego ao topo da escada.
Estou *detestando* a faculdade... e as aulas ainda nem começaram.
Aquela parede de livros no quarto dele...
Não tem como um *idiota* todo tatuado, grosso e babaca como o Hardin gostar de ler.
Só consigo imaginar aquele cara lendo o rótulo de uma garrafa de cerveja.
Eu não tenho a ver com esse tipo de festa,
e com certeza não tenho a ver com esse tipo de gente.
Eu gosto da Steph, mas *por que* o Hardin é sempre tão *imbecil*?
Tessa? Já é tarde, está tudo bem?
Eu vim pra uma festa *idiota* com a minha colega de quarto e agora estou presa numa fraternidade...

Uma *festa*?
Com aquela *ruiva*?
É.
Mas ela apagou no andar de cima.
Nossa, mas por que você foi sair com *ela*?
Ela é tão...
... sei lá, tão nada a ver com alguém com quem *você* sairia.
O desprezo na voz dele está me irritando. Eu liguei para ele me consolar, não para me julgar.
O problema não é esse, Noah...
TOC TOC TOC
Te ligo depois.
Tem gente batendo na porta do banheiro.
Paro de me mexer quando vejo olhos verdes me encarando.

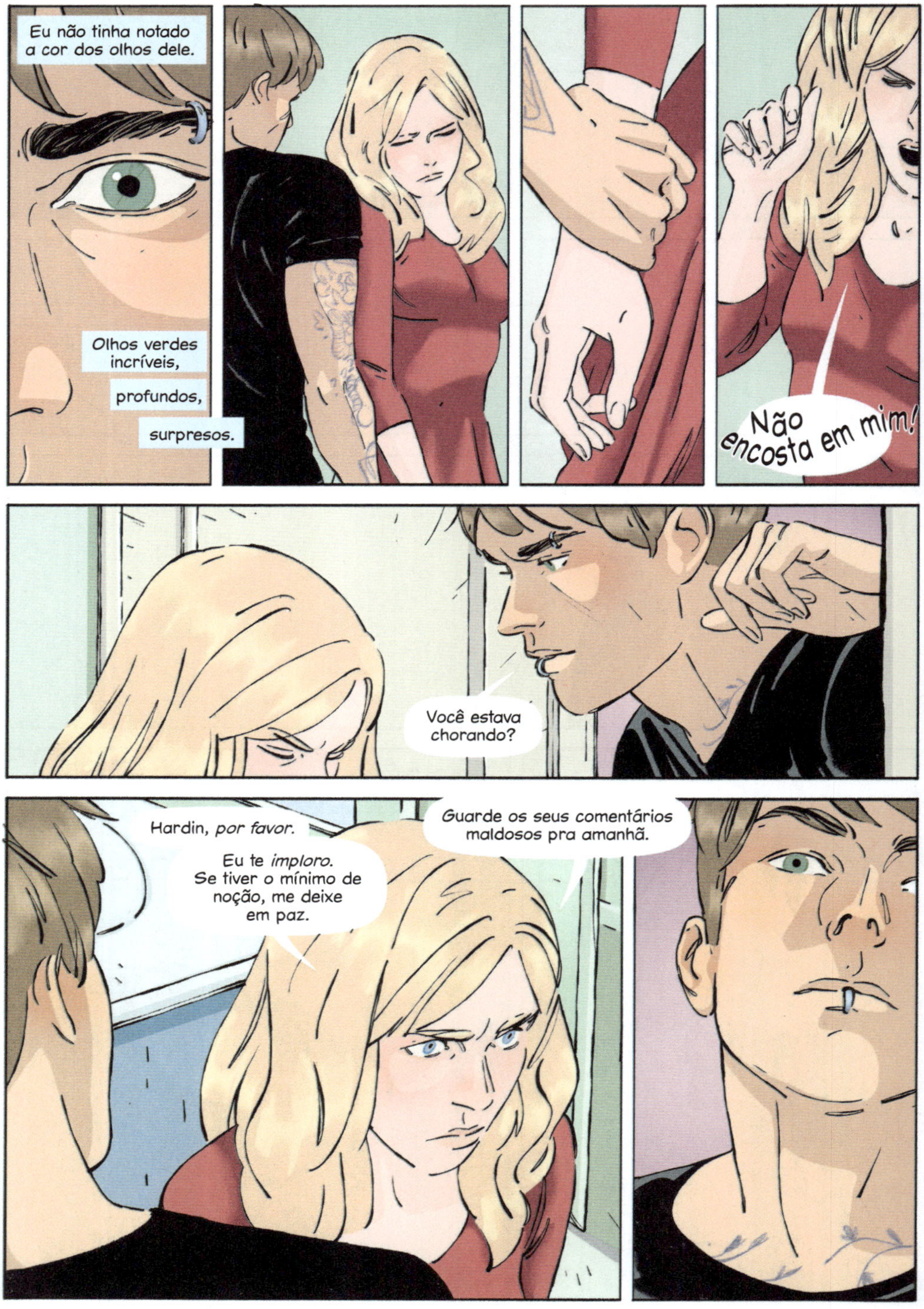
Eu não tinha notado a cor dos olhos dele.
Olhos verdes incríveis,
profundos,
surpresos.
Não encosta em mim!
Você estava chorando?
Hardin, *por favor*.
Eu te *imploro*. Se tiver o mínimo de noção, me deixe em paz.
Guarde os seus comentários maldosos pra amanhã.

Tem um quarto no fim do corredor, você pode dormir lá.
Foi lá que eu coloquei a Steph.
Como assim?
O Hardin não fez nenhum comentário babaca?
Eu sei que amanhã ele vai pegar pesado se me encontrar.

Quando eu acordo, demoro um pouco para lembrar os acontecimentos de ontem à noite.
O que estou fazendo neste quarto que não é o meu?
ZZZZZZZZZZZZZZZZZZZZZZ
Preciso sair daqui.
Ai, meu Deus!
Tem algum ônibus que passa aqui perto?
Tem,
a um quarteirão daqui.
Pode me dizer onde?
Claro.
A um quarteirão daqui.

A civilidade momentânea de ontem à noite não durou, *obviamente*.
Oi, Steph...
... você acordou!
Sim, e estou com uma *baita* dor de cabeça.
Hardin, pode levar a gente agora?
Claro, me dá só um minuto.
Vamos, Steph!
Theresa...

Que bom que eu olhei o mapa hoje cedo.
Estou no lugar certo?
Cadê todo mundo?
Oi, eu sou a Tessa Young.
Oi, Tessa. Eu sou o Landon Gibson.
Passamos o restante do tempo antes da aula conversando.
Descubro que o Landon também estuda inglês e tem uma namorada chamada Dakota.
Comento com ele sobre o *Noah*.
O Landon parece um cara bacana, e, considerando os meus novos "amigos", seria bom ter um mais *normal*.
Que beleza...
Você conhece o Hardin?
Mais ou menos.
Minha colega de quarto é amiga dele.
Não morro de amores.

Você conhece ele?
Sim... Ele é...
Assim que o Hardin senta perto de mim, o Landon fica em silêncio.
Por que ele parou de conversar comigo?
Por hoje é só.
Tchau, Tessa.
É óbvio que você ia ficar amiguinha do cara mais *nada a ver* da sala.
Por que está dizendo isso?
Ele é *legal*.
Ao contrário de você.
Você está ficando cada vez mais *abusada*,
Theresa.
Já te falei pra não me chamar de *Theresa*!
Então para de me encarar!

Finalmente é sexta-feira e a minha primeira semana de faculdade terminou.
As aulas estão indo muito bem por enquanto, e não vejo a hora de ficar no quarto à noite e conversar com o Noah.
Você é a Tessa, né?
Sim. Sou eu.
Você vai na festa de hoje?
Desculpa, já tenho compromisso.
Ahh... que merda.
O Zed queria te ver.
Ele estava falando de você ontem.
O quê?
Duvido muito... ... mas, mesmo que seja verdade, eu tenho namorado.
Que pena.
A gente podia fazer um programa de casais.
Com certeza a gente se vê por aí.
Programa de casais?
Com quem? Ela e o Hardin?
Eles estão *namorando*?

Orgulho e Preconceito
Sim!
Já que é segunda-feira, vamos começar a discussão da semana a respeito de *Orgulho e preconceito*, de Jane Austen.
Deixa eu adivinhar: você morre de amores pelo sr. Darcy.
Eu e *todas as mulheres* que leram esse livro.
Com certeza *você* não consegue captar o apelo do sr. Darcy.
Não acredito que você vai discutir esse assunto com um inglês...
Um cara babaca e intragável virando um *herói romântico*?
Se a Elizabeth tivesse um pingo de noção, teria mandado esse idiota se foder logo de cara.
Qual é a desse cara?

Queria *tanto* que você fosse.
Juro que não vamos passar a noite lá dessa vez.
Não, hoje não.
Tenho trabalho pra fazer.
Ah, não.
Meu laptop deu pau.
Não consigo reiniciar.
Viu?!
É um sinal de que você tem que ir.
O meu laptop está no apartamento do Nate, por isso não dá pra te emprestar.
Bom... não estou a fim de ficar enfiada no quarto sem nada pra fazer.
Tudo bem...
mas a gente vem embora antes da meia-noite!

A Molly vem pegar a gente. Vamos encontrar o Nate na festa.
Acho que ela não gosta de mim.
O quê?
Ela *gosta*.
Só é meio venenosa e sincera demais às vezes.
Eu acho que ela se sente intimidada por você.
Intimidada? Por mim?
Por que ela se sentiria intimidada por mim?
Acho que porque você é *muito* diferente da gente.
Pra mim, a Molly e os amigos dela é que são os *diferentes*.
Mas não se preocupa, ela vai estar ocupada hoje.
Com o *Hardin*?
Não, provavelmente com o Zed.
Ela troca de cara toda semana.
E o Hardin *não* namora.
Ele transa com um monte de meninas, mas *não* namora ninguém.
Nunca.
Ah.

A festa de hoje é um repeteco da semana passada.
Por que eu não fiquei no meu quarto olhando para o teto?
Você está...
... *diferente*.
Vestiu a roupa certa hoje.
Fiquei *surpreso* de te ver aqui.
Eu também estou meio *surpresa*...

Vamos jogar **Verdade ou Desafio.**
Vem jogar com a gente, **Tessa.**
Não, prefiro ficar de fora.
Pra conseguir jogar,
ela teria que deixar de ser essa *santinha* por cinco minutos.
Que *IDIOTA.*
Eu não sou uma *louca*, óbvio que não, mas também não sou uma *freira*.
As primeiras rodadas incluem o Zed sendo desafiado a virar uma lata inteira de cerveja.
A Molly sendo desafiada a mostrar os seios para a turma, o que ela aceita, e a Steph confessando que tem piercing nos mamilos.
Verdade ou desafio, Theresa?
Verdade.
Certo. Minha vez de perguntar.
Tessa...
... você é ***virgem***?

E aí?
Apesar da vontade de sair correndo e me esconder, eu confirmo com a cabeça.
Claro que eu sou virgem... O mais longe que o Noah e eu fomos foi dar uns amassos e ficar passando a mão um no outro – por cima da roupa.
Então você namora o Noah há todo esse tempo e vocês *ainda não transaram*?
Agora é a minha vez de perguntar...
Hardin...
... *verdade ou desafio?*
Desafio.
Eu...
... humm. Eu te *desafio* a...
A fazer *o quê?*
A tirar a camiseta e ficar sem ela até o fim do jogo!

Nossa, quanta maturidade.
Ei...
... Terra chamando Tessa!
O jogo continua. A Molly beija o Tristan e o Zed.
A Steph nos conta sobre a sua primeira vez. E aí sou eu de novo...
Tessa, verdade ou desafio?
Pra que perguntar, Tristan?
Todo mundo *sabe* que ela vai dizer *verdade*...
Desafio.

Humm...
Tessa, eu te *desafio* a...
... tomar um gole de vodca.
Eu não bebo.
É pra isso que existem os *desafios*.
Olha, se não quiser fazer...
HA HA HA HA HA HA HA HA HA HA HA HA HA HA HA HA HA HA HA
Tudo bem, um gole.
Fico esperando mais uma cara de desdém do Hardin, mas, quando seus olhos encontram os meus, vejo um olhar estranho.
A vodca é *forte* e desce *queimando*...

Sinto meu rosto quente e então, mais tarde, o pouquinho de álcool nas minhas veias aumenta a cada rodada em que sou desafiada a tomar mais um gole... Preciso admitir que me sinto *bem* relaxada.
Acho que você já bebeu bastante.
Quem esse Hardin Scott pensa que é pra me dizer que eu já bebi bastante?
Todo mundo continua bebendo.
Não *acredito* que você nunca tomou um porre.
É divertido, né?
Os sermões da minha mãe sobre responsabilidade invadem a minha mente, mas dou um jeito de afastá-los.
Hardin, verdade ou desafio?
Desafio.
Eu te desafio a *beijar* a Tessa!

NÃO, eu tenho namorado.
Quero *muito* fugir do Hardin.
E daí? É só um desafio.
Não, eu *não vou* beijar ninguém.
HA HA HA HA HA HA HA HA HA HA HA HA HA HA HA HA HA
Não tô *nem aí* se ele se ofendeu. *Cansei* de interagir com ele.
Está na cara que ele me odeia e é um *babaca*.
Tá *tudo bem*, Tessa?
Minha cabeça está girando, não estou legal.
Continuem com o jogo...
Eu já volto.

Noah... atende.
Alô?
Oi... amo-oor.
Tessa, você tá *bêbada*?
Não... claro que não.
Preciso deitar.
O quarto do Hardin...
A porta está destrancada...
Estranho quando o dono quer manter as pessoas longe daqui.
Orgulho e preconceito.
O morro dos ventos uivantes.
Quer dizer que ele lê *mesmo.*
Bronte
Orgulho e Preconceito
JANE AUSTEN

Que parte de "Ninguém entra no meu quarto" você não entendeu?
D-Desculpa. Eu...
Fora.
Você precisa mesmo ser tão babaca?
Você está no meu quarto, de novo...
... depois que eu te falei pra não entrar. Então, *cai fora.*
Por que você não gosta de mim?
Gostar de você?
Por que está me perguntando isso?
Não sei...
Eu sou legal com você, e você só sabe ser *grosso* comigo.

Emily Brontë
O MORRO DOS VENTOS UIVANTES
E eu cheguei a pensar que a gente podia ser *amigos.*
Ha ha!
Nós dois?
Amigos?
Bom, pra começo de conversa, você é certinha demais.
E, fala sério, quem se veste desse jeito na faculdade?
Você deve ter sido criada em uma casa *perfeita*, em um bairro *perfeito*, e nunca passou necessidade.
Você não sabe *nada* sobre mim, seu...
... IDIOTA
arrogante!
O meu pai, que era alcoólatra, *abandonou* a gente quando eu tinha dez anos, e a minha mãe teve que ralar
pra garantir que eu pudesse fazer
FACULDADE.
E *me desculpa* se eu não me visto como as meninas que ficam em volta de você!
Quer saber, Hardin?
Eu não quero *mesmo* ser sua amiga.
Aonde você vai?
Para o ponto de ônibus, pra voltar pro meu quarto e *nunca mais ter que pisar aqui.*
Está muito tarde pra pegar ônibus sozinha.
Você não vai fingir que se importa se algo acontecer comigo, né?

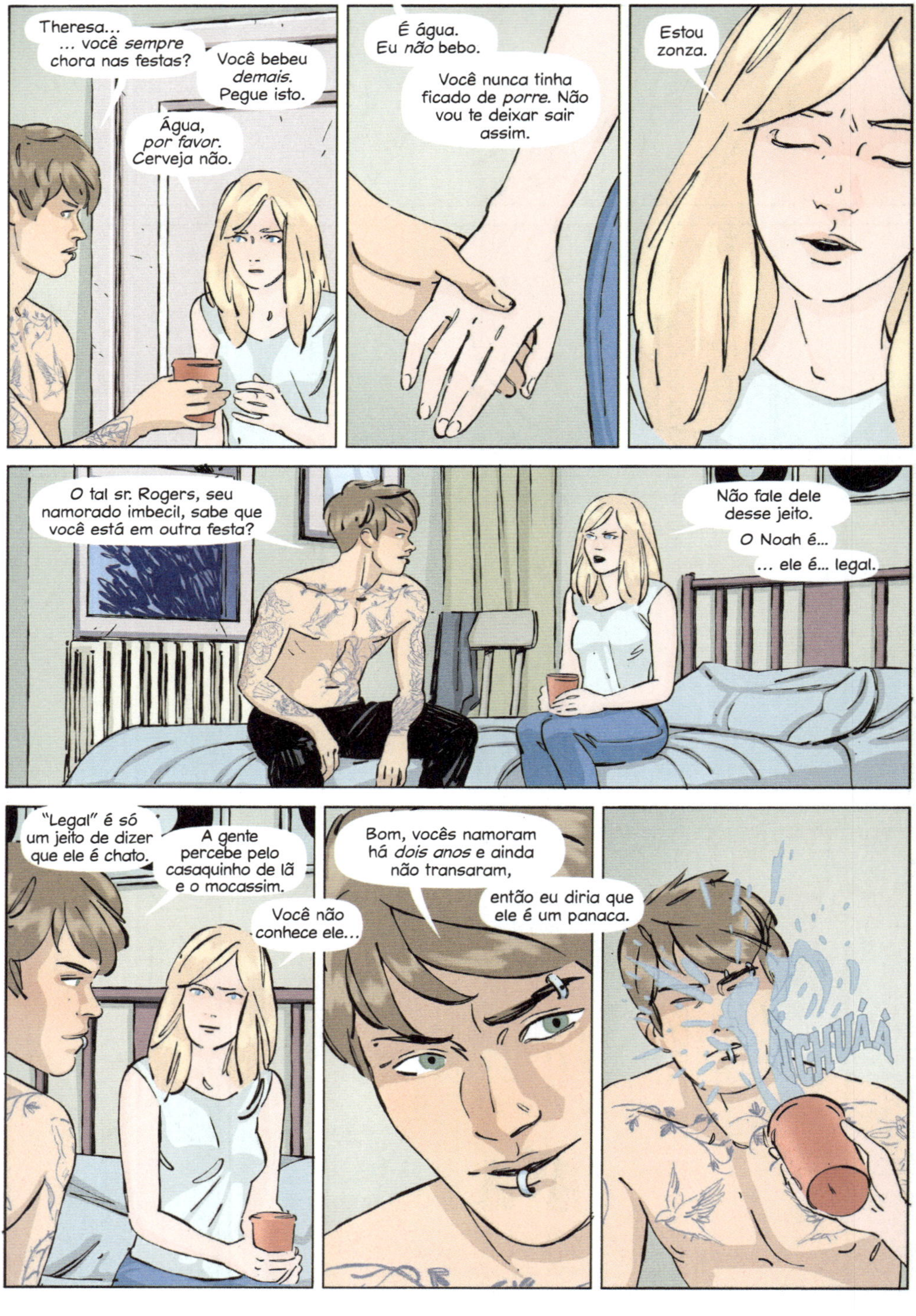
Theresa...
... você *sempre* chora nas festas?
Você bebeu *demais.* Pegue isto.
Água, *por favor.* Cerveja não.
É água. Eu *não* bebo.
Você nunca tinha ficado de *porre.* Não vou te deixar sair assim.
Estou zonza.
O tal sr. Rogers, seu namorado imbecil, sabe que você está em outra festa?
Não fale dele desse jeito.
O Noah é...
... ele é... legal.
"Legal" é só um jeito de dizer que ele é chato.
A gente percebe pelo casaquinho de lã e o mocassim.
Você não conhece ele...
Bom, vocês namoram há *dois anos* e ainda não transaram,
então eu diria que ele é um panaca.
TCHUÁÁ

Ridículo.
E aí, Tessa!
Não acredito que não consigo achar a Steph.
A Steph acabou de ir embora... Pensei que você tivesse ido com ela.
Ela já foi? Como assim?!
Este é o meu amigo Logan.
Depois de mais alguns drinques, estou me sentindo incrível. Deve ser por isso que as pessoas bebem tanto.
O Zed e o Logan me fizeram rir tanto que a minha barriga ficou doendo. Eles são companhias muito melhores que o Hardin.

Os ônibus passam a noite toda?
São três da manhã.
Não tem ônibus.
O seu novo estilo de vida de bebedeiras te deixou presa aqui de novo.
Tem quarto de monte aqui.
O Logan e eu podemos te ajudar a achar um.
Pelo menos aquela cama tá vazia!
ZZZZZZZZZZZZZZZZZZ
Durma um pouco.
Boa noite.

Não suporto ficar aqui.
Nunca mais venho.
Como é o seu nome, linda?
Quer curtir um pouco?
Você está *fedendo* a bebida!
Sai daqui!
Ei, relaxa.
Já falei pra me deixar em paz.
Não vou te *fazer mal*...
... vamos só *curtir* um pouco...

O Zed foi embora.
A Steph foi embora.
Não tem ninguém no corredor para me ajudar.
Meus pés me levam para o único lugar que eu conheço nesta maldita casa.
HARDIN!
Por favor, *abre a porta!*
TOC TOC TOC
Tessa?
Hardin, por favor, posso entrar?
Um cara *folgado*...
Você conhece ele?
Sim, entra logo.
Está tudo bem?
Bom...
... sim.
Desculpa, eu não sabia pra onde ir.
Ele encostou em você?
Não, mas *tentou.*

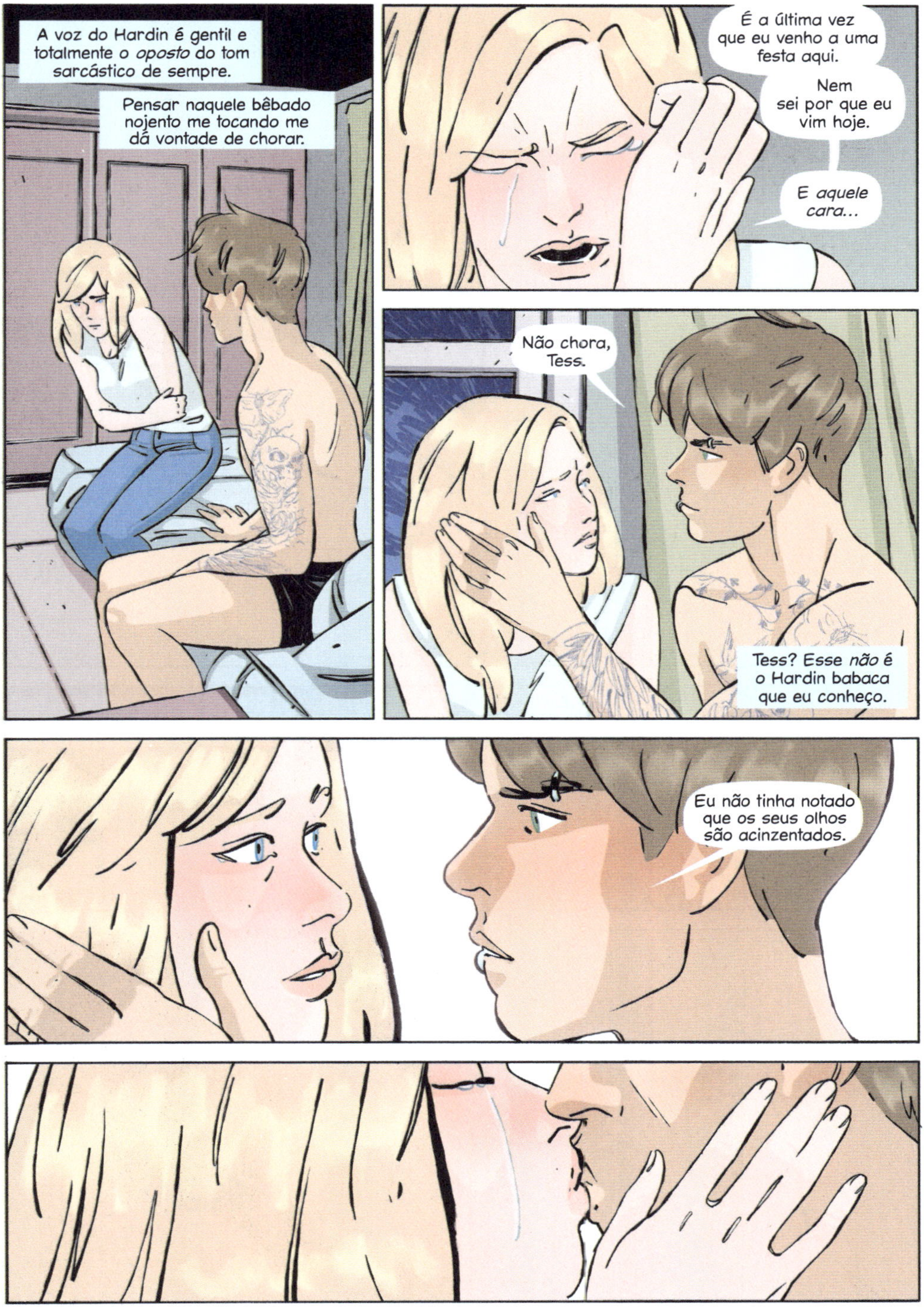

A voz do Hardin é gentil e totalmente o *oposto* do tom sarcástico de sempre.
Pensar naquele bêbado nojento me tocando me dá vontade de chorar.
É a última vez que eu venho a uma festa aqui.
Nem sei por que eu vim hoje.
E *aquele* cara...
Não chora, Tess.
Tess? Esse *não* é o Hardin babaca que eu conheço.
Eu não tinha notado que os seus olhos são acinzentados.

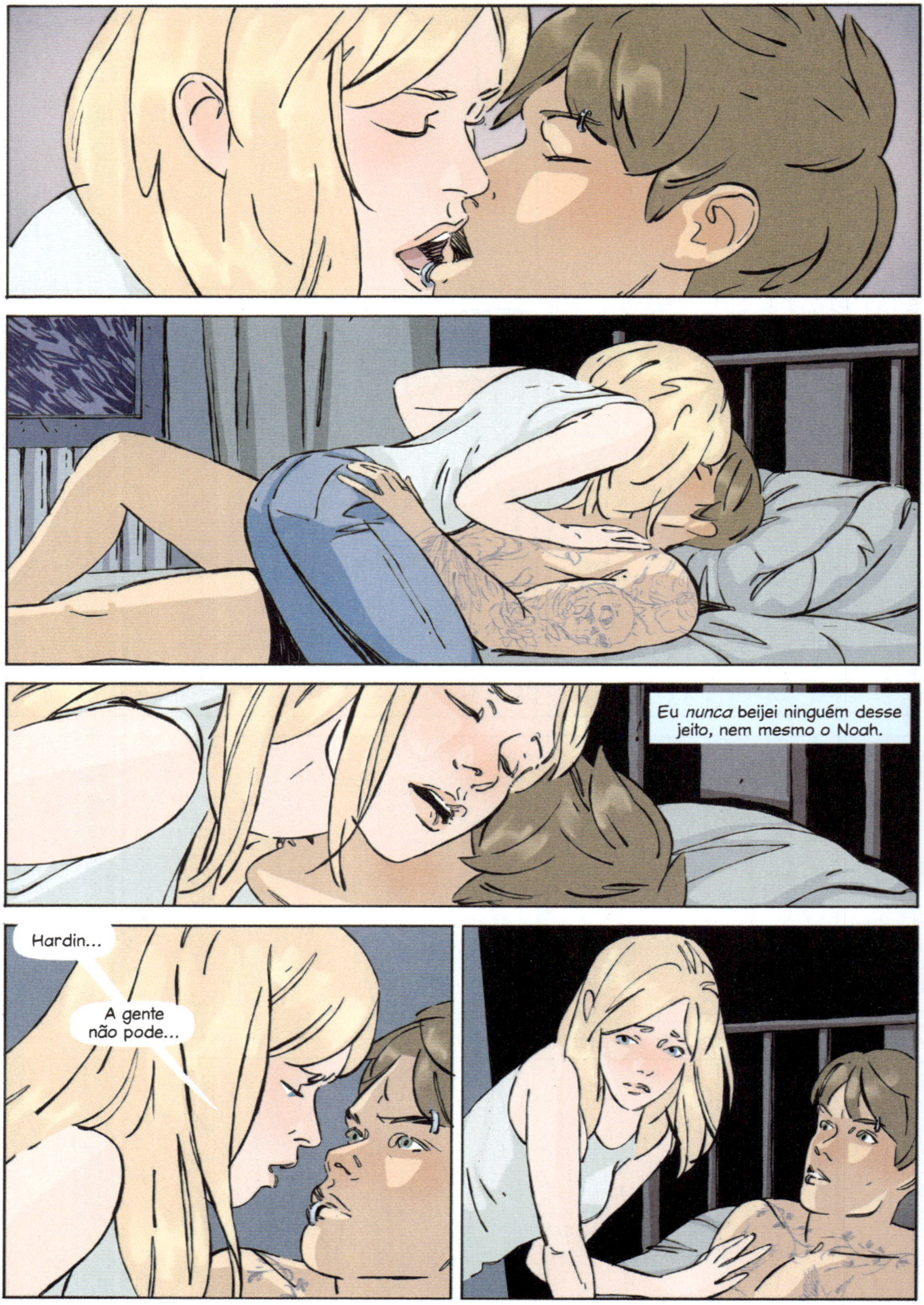
Eu *nunca* beijei ninguém desse jeito, nem mesmo o Noah.
Hardin...
A gente não pode...

Desculpa...
Me desculpa por ter beijado você.
Foi *só* *um beijo*...
As pessoas se beijam o tempo todo.
Então não vamos fazer um *drama* por isso, né?
Pode acreditar, eu também não quero que *ninguém* fique sabendo.
Então quer dizer que você *voltou* a ser quem é, certo?
Não fique achando que, só porque você *me beijou* basicamente *à força*, nós temos algum tipo de *vínculo* agora.
Você podia ter me *impedido*.
Não deu.
Pode ficar aqui hoje, já que não tem pra onde ir.
Não, obrigada.
Noah
Por que não está atendendo
Noah
Estou muito preocupado
Noah
Sua mãe também
Noah
Tive que contar pra ela que você estava numa festa
Mãe
Me liga agora.

Não acredito que são quase seis da manhã e eu passei a noite andando.
Preciso pensar numa boa justificativa para a minha mãe e o Noah.
Por que eu beijei ele?
Foi o maior erro que eu poderia ter cometido.
B22
Você só pode estar de brincadeira!
Onde você estava?
Passei horas dirigindo por aí, tentando te encontrar.
Cai fora, Hardin...
Fora!
Theresa, eu...
TOC TOC TOC
Theresa!
Theresa Young, abra essa porta!
AGORA!
Ai, meu Deus. É a minha mãe.

Hardin, entra no armário.
Nem pensar!
Não vou me esconder no armário.
Você tem dezoito anos.
Abra a PORTA!
TOC TOC TOC
Eu sei que ele tem razão...
Mas ele não conhece a minha mãe.
Ei...
O que vocês estão fazendo aqui?
Então era por isso que você não atendia o telefone?
Porque estava com esse...
... esse...
... cara tatuado no seu quarto às sete da manhã!
É isso que você faz na faculdade, mocinha?
Passa a noite em claro e traz rapazes para o seu quarto?
O coitado do Noah estava morrendo de preocupação, enquanto você estava aprontando por aí com ele?

Na verdade eu acabei de chegar.
E ela não estava fazendo nada de errado.
Como é que é?
Eu com certeza não estava falando com você.
Mãe!
Theresa, você saiu do controle.
Dá pra sentir daqui o seu cheiro de bebida.
O que este lugar fez com você?
Eu tenho dezoito anos, mãe.
Nunca tinha bebido e não fiz nada de errado.
Desculpe eu ter ficado sem bateria e ter feito você vir até aqui, mas estou bem.
Você...
Está na hora de você ir embora.

Me *prometa* que você vai parar de andar com *esse tipo de gente.*
BAM!
Pelos vinte minutos seguintes, minha mãe se senta na minha cama e me passa um *sermão*, e eu acabo concordando.
Depois de *ontem à noite*, preciso manter distância de problemas.
Vamos tomar café da manhã?
Já que estamos aqui, você pode nos mostrar o campus.
Quando vejo o Hardin sentado do outro lado do corredor, me pego querendo *largar* a mão do Noah.
Não vou *mesmo* com a cara desse moleque.
Nem eu.
Mas eu *sei* que estou mentindo.

O café com o Noah e a minha mãe passa tão devagar que *me dá nos nervos*.
Minha mãe não para de falar da minha "*noite maluca*". Queria que ela mudasse de assunto.
Eu queria encontrar um estágio...
... talvez em uma editora ou redação.
Já pensou em arrumar um emprego de meio período?
Seria *ótimo*,
um lugar onde você pudesse trabalhar até terminar a faculdade e ser contratada quando se formasse.
Vou fazer compras por uma ou duas horas para que *vocês* possam passar um tempinho sozinhos.
Perfeito!

O que deu em você?
Nada.
Eu só estava com saudade.
Eu precisava que ele me beijasse. Ele deve ter percebido o desespero nos meus olhos.
O beijo dele é delicado, sem desejo. Espero o fogo acender dentro de mim, mas não acende.
Eu não devia estar comparando o Noah com o Hardin.
Eu queria fazer as coisas voltarem a ser como eram...

Oi, Theresa.
Como foi o *seu* fim de semana?
GRÊMIO ESTUDANTIL
Ele *se acha*.
Ele te dá nos nervos, *hein*?
Demais.
Pelo menos *você* não tem que olhar pra cara dele *o tempo todo*.
Como assim?
Eu não ia contar nada, porque não quero que você me *associe* a ele, mas...
... o *pai* do Hardin está meio que namorando a minha *mãe*.
O *pai* do Hardin mora *aqui*?
Pensei que a família dele estivesse na Inglaterra.
O pai dele e a minha mãe moram aqui perto, mas o Hardin e o pai *não* se dão muito bem.
Então, *por favor*, não comenta nada com ele...

Saudade
Foi muito bom te ver.
QWERTY OP
ASDFGH
CVBN
A *culpa* por ter beijado o Hardin está me corroendo.
O Noah é *muito fofo* e não merece ser *traído.*
Tenho *muita* sorte por ele estar na minha vida.
Ele sempre esteve do meu lado e me conhece *melhor do que ninguém.*
Quando ele e os pais viraram nossos vizinhos, fiquei *muito animada* por ter alguém da minha idade para ser meu amigo.
Eu quero o divórcio...
Você bebeu de novo!
Nós ficávamos juntos lendo, vendo filmes e escondidos no meu porto seguro: a estufa atrás da casa da minha mãe.

A Steph deve ter esquecido a chave.
TOC TOC TOC
Se veio pra falar com a Steph, ela ainda não chegou.
Eu espero.
Você *sempre* arruma as suas coisas desse jeitinho perfeito?
Não tem nada de errado em ser *organizada*.
Pode pegar!

HARDIN, PARA!
Quer dizer que *alguém* não gosta que *mexam* nas coisas dela?
Tenho vontade de gritar para ele *me soltar*.
Quero afastá-lo.
Mas *não consigo*.
Fico *enfeitiçada* com os olhos verdes dele me encarando.
Hardin...

Como você é *gostosa*, Tess.
O QUE FOI QUE EU PERDI?
Nada de mais.

BAM!
Tessa!
O que *foi* aquilo?!
Você e o Hardin...
estão, tipo... *se pegando*?
Não é bem assim.
Eu tenho *namorado*, lembra?
E daí?
Isso não quer dizer que você *não pode* ficar com o Hardin.
É que eu pensei que vocês dois *se detestassem*.
Você podia *curtir* muito com o Hardin, mas isso também pode ser *perigoso* pra você.
A menos que você *saiba* que nunca vai sentir nada por ele, eu tomaria cuidado.
Já vi muitas meninas se apaixonarem por ele, e as coisas não terminaram bem. O Hardin é bem...
... *animado*.
Steph, não tá rolando nada.
Pode acreditar, eu não sinto *nada* por ele.
Não sei *onde* eu estava com a cabeça.

Hoje é o nosso último dia falando sobre *Orgulho e preconceito*.
Vai ser interessante focar a discussão no uso que Austen fazia da antecipação.
Eu quero saber...
... como leitores, vocês esperavam que a *Elizabeth* e o *Darcy* ficassem *juntos* no fim?
Bom, na primeira vez que eu li esse livro, fiquei *muito ansiosa* pra saber se eles *acabariam* juntos ou não.
O sr. Darcy é *tão cruel* e diz tantas coisas *horríveis* sobre a Elizabeth e a família dela que eu não sabia se ela ia conseguir perdoá-lo, que dirá *amá-lo*.
Quanta besteira.
Sr. Scott? Gostaria de *acrescentar* alguma coisa?
Claro. Eu disse que é *besteira*.
As mulheres *querem* o que não podem ter. O jeito *grosseiro* do sr. Darcy foi o que *atraiu* a Elizabeth, por isso era *óbvio* que eles iam terminar juntos.
Não é verdade o que ele falou *sobre as mulheres quererem o que não podem ter*.

O sr. Darcy só era grosseiro com ela porque era orgulhoso demais pra admitir que amava a Elizabeth.
Quando ele deixou de ser um babaca, ela percebeu que ele a amava de verdade.
Não sei o tipo de cara por quem você costuma se interessar...
... mas eu acho que, se ele a amasse, não teria sido tão tosco com ela.
O único motivo de ele acabar pedindo a Elizabeth em casamento foi porque ela não parava de se jogar em cima dele.
Ela NÃO se jogava em cima dele!
Ele manipulou a Elizabeth pra ela pensar que ele era gentil e tirou vantagem da fragilidade dela!
Ele "manipulou" a Elizabeth?
Para com isso.
Ela é...
Sei lá, ela estava entediada demais com a vida chata dela, por isso precisou ir atrás de animação.
Bom, se ele não fosse tão mulherengo, talvez pudesse ter posto um ponto-final nas coisas depois da primeira vez, em vez de aparecer no QUARTO dela!
Tudo bem,
a discussão esquentou.
Acho que já está bom por hoje...
Você não vai conseguir fugir desta vez, Theresa!

O que você quer, Hardin?
Me dizer que estou desesperada e rir da minha cara por deixar você me afetar de novo?
Estou BEM cansada desse jogo com você. Não quero mais jogar.
Eu tenho um namorado que me ama, e você é uma péssima pessoa.
Num minuto você é legal, no minuto seguinte é detestável.
Então, faça um favor a si mesmo e ache outra garota pra brincar, porque eu CANSEI!
Eu desperto mesmo o pior de você, hein?
Eu não estou fazendo joguinhos com você.
Então o que você está fazendo?
Suas mudanças de humor me dão dor de cabeça.

Tess, eu...
... eu não *sei* o que estou fazendo.
Você me beijou *primeiro*, lembra?
Sim...
Eu estava *bêbada*, lembra?
E *ontem* você me beijou *primeiro*.
E você *não* me impediu.
Seu coração *acelerou*, né?
Você não consegue parar de *pensar* em mim e de ter aquela sensação...
... *lá embaixo*.
Não é, Theresa?
Você está *enganado*.
Eu *nunca* me engano.
Eu tenho *namorado*.
Um namorado com quem você está *entediada*.
Admita, Tess.
Eu sei que você nunca foi tocada...
... *tocada de verdade*.
Isso *não é* da sua conta.
Você *não faz ideia* das *coisas boas* que eu posso te fazer sentir.

Não sei por que eu fico **perdendo meu TEMPO!**
Ei, *desculpa*.
Vem aqui.
Meus pés reagem antes que o cérebro possa acompanhar, e eu caminho de volta até ele.
Será que a gente pode combinar de *ficar longe* um do outro ou então ser *amigos*?
Não aguento mais *brigar* com você.
Não quero ficar *longe* de você.
É que...
... acho que a gente não pode ficar longe se uma das minhas *melhores amigas* divide o *quarto* com você e tal.
Então, acho que a gente deve pelo menos *tentar* ser amigos.
Tudo bem. Então, amigos?
Amigos.

Não é uma amizade *colorida*, né?
Por que está dizendo isso?
Como se você *não soubesse*.
A Steph *já* me contou.
Você e ela, e todas as outras meninas.
Ha ha...
Está com *ciúme*, Theresa?
Não, *de jeito nenhum*.
Eu sinto *pena* das meninas, só isso.
Ah, *não precisa*.
Elas *curtem*, eu *garanto*.
Tá, tudo bem.
Entendi.
Dá pra mudar de assunto, *por favor?*
Bom, a gente podia fazer alguma coisa divertida amanhã *depois* da aula.
Acho que a minha ideia de diversão é *bem diferente* da sua.
A gente podia, tipo, sacrificar *alguns* gatos, incendiar *uns* prédios...
Sério agora, um pouco de diversão cairia bem pra você.
Amanhã depois da aula, *como amigos*.
Enquanto eu o observo se afastar, não sei lidar com o medo de ter entrado em outra das suas armadilhas.

Mais tarde, no dia seguinte, depois da aula.
... uma TARDE DE FOLGA, ATÉ QUE ENFIM.
Demorou!
Que tal um cinema com a gente, Tessa?
Na verdade, a Tessa e eu temos planos.
Vamos.
Aonde a gente vai?
A um dos meus lugares preferidos.
VRRRRRRRRMMMM
E onde fica?
Para de tentar controlar tudo.
Você já vai descobrir. Fica a alguns minutos daqui.

Aonde ele está me levando?
A gente tá no meio do nada.
Não se preocupa, eu não te trouxe *aqui* pra te *matar*.
O que a gente vai fazer *aqui?*
Bom, *primeiro* vamos caminhar um pouco.

Estamos sozinhos,
sozinhos mesmo.
Nada de carros,
nada de prédios...
Só árvores e lindos campos gramados.
Por que você está tirando a roupa?
Vai *nadar*?
Vou, e você também.
Eu *sempre* faço isso.
Nem pensar.
Não vou nadar aí.
É transparente, dá pra ver *o fundo*.
Você não me falou que a gente ia nadar.
Eu *não trouxe* roupa de banho.

Está me dizendo que é o tipo de garota que *não* usa *lingerie*?
Eu *não vou* nadar de lingerie.
Imaginei.
Entra de calcinha e sutiã.
Eu vou só...
... ficar olhando.
Você *não sabe* se divertir.
E está *perdendo*.
A água está uma delícia, Tessa!
Vem.
Se você entrar, eu respondo *uma* das suas *perguntas* enxeridas.
Tem tantos mistérios sobre ele...
Será que é a minha chance de solucionar pelo menos um?

Pelo menos tire os sapatos e molhe os *pés*.
A água está gostosa, *não está?*
Pule.
Não vou ter *nada* pra vestir se molhar minha roupa.
Use a minha camiseta.
Tudo bem, mas fique de costas e *não* olhe enquanto eu me troco.
Anda logo ou *vou* me virar.
NÃO OLHE!
Certo, aqui vou eu...

Fique sentada na beira e eu te ajudo a entrar.
Por que o meu corpo tem que reagir desse jeito *toda vez* que ele me toca?
Você podia tirar a minha *camiseta*. Seria *mais fácil* nadar.
Acho que você *me deve* uma resposta.
Quem você *mais ama* no mundo?
Eu mesmo.
Não pode ser.
E os seus *pais*?
Você *ama* os seus pais?
Não quero falar sobre os meus pais.

Desculpa,
só estava *curiosa...*
Não vou falar mais deles.
NÃÃÃÃOOO!
Você ME PAGA!
O que você está fazendo comigo, Tess?
Quer que eu pare?
A gente não consegue ser só amigo. Você *sabe disso*, não sabe?

Hardin!
Eu quero fazer você *gemer* o meu *nome*, Tess, *sem parar*.
Me deixa fazer isso?
Diga, Tess.
Eu *preciso* que você *diga*, linda, diga *em voz alta* pra eu saber que você *quer mesmo*.
Hardin... eu quero...
Você quer que seja aqui?
Ou no meu quarto?
Aqui.
Sim, eu *quero* o Hardin, eu *preciso* dele.

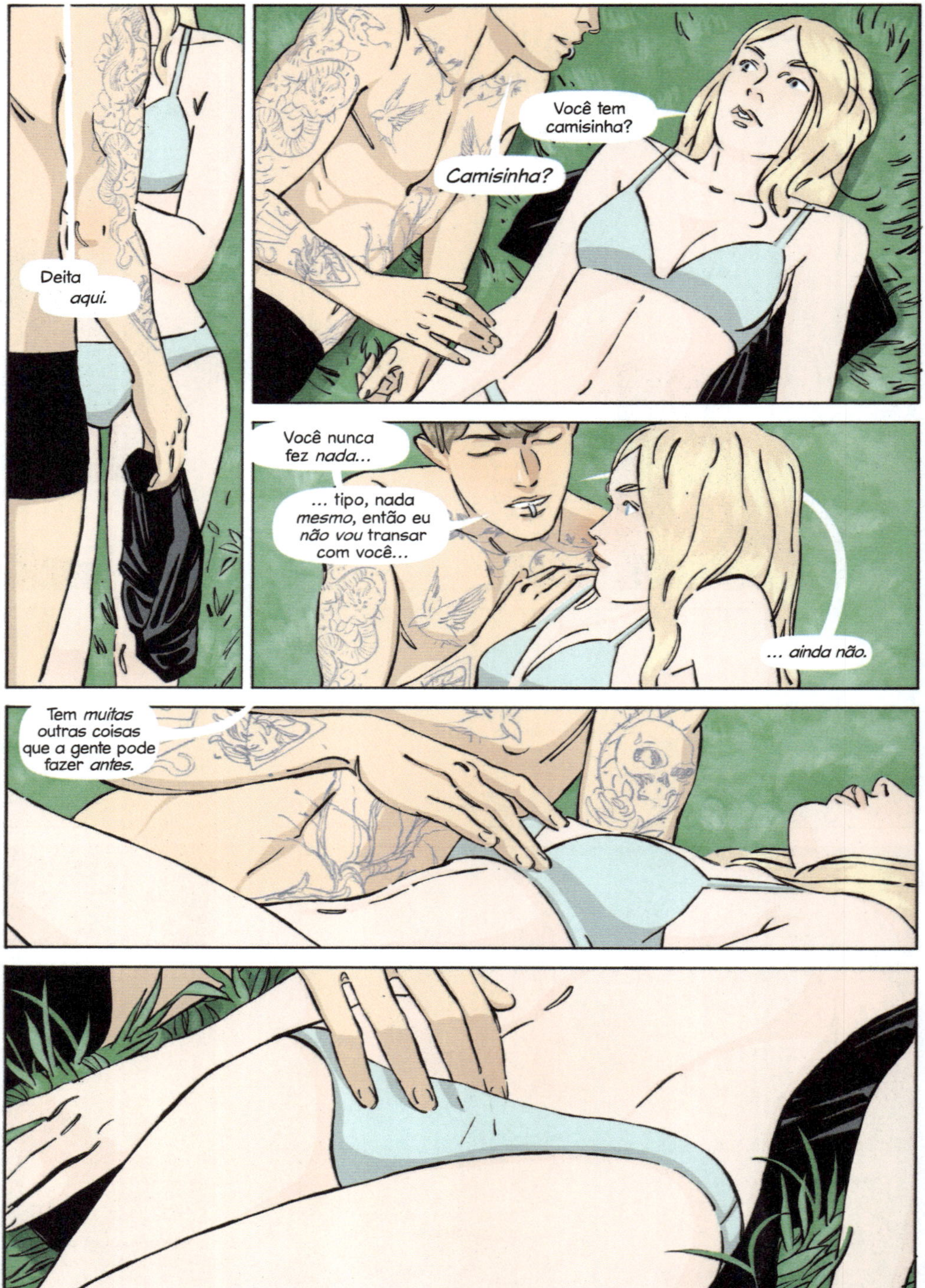
Deita aqui.
Você tem camisinha?
Camisinha?
Você nunca fez nada...
... tipo, nada mesmo, então eu não vou transar com você...
... ainda não.
Tem muitas outras coisas que a gente pode fazer antes.

Ah, Hardin...
Hardin...
Isso mesmo, Tess, *goza* pra mim.
A gente pode ir embora, se você quiser.
É que eu pensei...
Não sei,
pensei que você fosse *querer* alguma coisa...
Estou satisfeito por enquanto.
Não estou *acostumado* a fazer nada do que as pessoas *fazem* depois que se pegam.
Tenho certeza que você está *com fome.*
Vamos comer alguma coisa.
Não sei por que o Hardin me deixa *tão* mexida, de todas as maneiras.
Meus sentimentos por ele são *muito* confusos. Mas, acima de tudo, ele me faz sentir *viva.*

Como assim, você não gosta de *ketchup*?
Os americanos não são *malucos* por isso?
E aí, o que você pretende fazer *depois* que se formar?
Primeiro você.
Vou mudar para *Seattle* e espero trabalhar em uma editora ou me tornar escritora.
Eu conheço uma pessoa na editora Vance...
É meio longe, mas talvez você possa arrumar um *estágio*.
Eu posso conversar com ela.
O quê?
Você faria isso *por mim*?
Sim, não é nada de mais.
Eu conto ao Hardin sobre a minha infância em Richland, uma cidade da qual a maioria das pessoas nunca ouviu falar. É um ciclo sem fim de todo mundo fazendo as mesmas coisas sem que ninguém vá embora...
... exceto eu.
Nunca mais volto para lá.
Ele não me conta muito sobre o passado, mas parece *bem* interessado na *minha* infância.
Ele faz uma careta quando conto sobre as bebedeiras do meu pai, do *inferno* que era isso...
... e ele me escuta.

BRRRR VRRRR BRRRR VRRRR BRRRR VRRRR BRRRR VR
Noah
Acho melhor eu ir.

Hardin, eu *ignorei* as ligações dele.
Vou conversar com ele.
Só não sei *como* nem *quando*...
... mas *vai ser* logo. *Prometo.*
Conversar com ele sobre *o quê?*
Se você quer largar o cara, *vai em frente*, mas não faça isso *por mim*.
É que...
Eu pensei...
Eu *já* te disse que eu *não namoro*, Theresa.
Você é **desprezível**, *Hardin.*
Fique longe de mim a partir de agora.
Estou falando sério!

O Hardin e eu continuamos nos ignorando *a semana toda.*
E, a cada dia que passo sem *falar* com ele, acho *um pouco* mais fácil não pensar *tanto* nele.
Tem uma *festa* na fraternidade hoje à noite.
E decido fazer a *única coisa* que vai me impedir de ir.
Fico *aliviada* quando o Noah chega. Ele é *muito* bom para mim, aparece *sempre* que eu preciso.
Qualquer chance de eu ir à festa *vai para o espaço.*
Esta sou eu. Não uma *doida* que nada com a camiseta de um punk.
O que está fazendo aqui? Você *não pode* simplesmente *invadir* o meu quarto!
Vim encontrar a Steph.
Oi, Noah, legal te ver de novo.
Ela está com o Tristan,
provavelmente já na *festa,*
e *nós* estamos tentando ver um filme.
Que pena. Vou nessa...
Ah, Noah...
... *bonita* essa blusa de lã que você está usando.
Obrigado, é da *Gap.*

Pelo visto ele não é tão ruim assim.
Não estou dizendo que seria *amigo* do cara, mas ele foi *simpático*.
O Hardin não passa *nem perto* de ser simpático.
Se ele *sonhasse* com o que aconteceu entre o Hardin e eu...
Eu preciso do *fogo*, preciso da *paixão*. Os lábios dele são macios...
... assim como o beijo dele.
Mas isso *não basta*.
Tessa, *o que está fazendo?*
O quê?
Nada. Eu só...
... quero ficar *mais perto* de você.

Eu *preciso saber* que o Noah pode *fazer* comigo o que o Hardin *faz.*
Eu sinto o *calor* dele, mas não o *fogo.*
Foi *legal,* Tessa.
Só *legal?*
Ele é *tão* cuidadoso...
... cuidadoso *demais,* mas eu *o amo.*
Não amo?
Vamos voltar pro filme?

A pedido da *minha mãe*, na noite passada o Noah ficou em um hotel perto daqui, e ele *nem* questionou isso.
Passamos o dia juntos e o Noah é *um amor*, mas é bem difícil me manter focada e não compará-lo com o Hardin.
BRRRR VRRRR BRRRR VRRRR BRRRR
Landon?
Está tudo bem?
Tessa, desculpa, eu preciso que você venha aqui, *por favor*...
... *É o Hardin.*
Claro, me manda o endereço.
Noah, preciso do seu carro.
O que houve?
Não *sei*...
É o Landon, um amigo da faculdade.
Ele está *precisando* de ajuda, aconteceu alguma coisa.
Posso ir com você.
Não, você...
Eu preciso ir sozinha.
Te deixo no meu quarto.

Eu *sei* que magoei o Noah quando saí sem ele e *sei* que estou errada, mas no momento só consigo pensar em chegar aonde o *Hardin* está.
Tessa, valeu por ter vindo.
O que foi?
Cadê o Hardin?
No quintal...
Ele está fora de controle.
Eu sei que você *detesta* ele, mas ele *conversa com você*, e eu não sabia *pra quem* ligar.
O quê?
Por quê?
Ele está *bem bêbado* e começou a *quebrar* coisas...
... todos os *pratos da minha mãe*, um *armário de vidro*...
... *basicamente tudo que ele conseguiu pegar*.
O pai dele contou que vai *casar com a minha mãe*. Eles viajaram no fim de semana pra comemorar.
Aí o Hardin apareceu e *ficou fora de si*.
Não sei o que você acha que eu posso fazer, mas vou *tentar* falar com ele.
Ele estava chamando *você*.

Como foi que VOCÊ entrou aqui, porra?
O Landon... ... ele...
Você LIGOU pra ela, caralho?
Deixe ele em paz, Hardin... Ele está preocupado com você.
Pensei que você não bebesse.
O que te importa?
Não me venha com sermão.
Você não é muito diferente.
Cadê o seu namorado?
Ele está no meu quarto.
Eu deixei ele lá pra vir te ajudar, Hardin.

Se quer me ajudar, vai embora.
Por que não me conta o que está acontecendo?
Quer mesmo saber?
O meu pai decidiu me contar por telefone que
VAI CASAR COM A KAREN!
E o casamento é no mês que vem.
Ele não teve a capacidade de me contar pessoalmente.
Mas tenho certeza que o Landon sabe já faz tempo.
Ele deve ter tido motivos pra não te contar.
Você não conhece o meu pai.
Ele não tá nem aí pra mim.
Minha mãe me forçou a vir pra cá, pra ficar mais perto dele...
>>PFFFF!<<
Sabe quantas vezes eu falei com ele nesse último ano?
Umas dez!
Ele só se preocupa com a mansão dele, com a futura esposa dele e com esse filho novo e perfeito.
Você devia ver o barraco onde a minha mãe mora na Inglaterra.

Quantos anos você tinha quando ele foi embora?
Dez.
Mas, mesmo antes de ele ir embora, nunca esteve muito perto da gente.
Era um bar diferente a cada noite.
O pai do Hardin foi embora quando ele tinha dez anos, assim como o meu, e os dois eram alcoólatras.
A gente tem mais coisas em comum do que eu pensava.
Sinto muito que ele te abandonou.
Pode engolir a sua pena.
Não preciso que você fique aqui comigo.
Só porque eu dei uns pegas em você não significa que eu quero alguma coisa com você.
Vai pra casa.
TUMP
Que MERDA é essa?
CRASH
Você já bebeu demais!
Vou ajudar o Landon a limpar a zona que você fez.

Tessa, posso falar com você, *por favor?*
O que você *pode* querer falar comigo, Hardin?
Me desculpa...
Mas você é muito *difícil de lidar.*
Eu sou difícil?
O que você *espera* que eu faça, Hardin?
Você é o cruel aqui.
Não é a minha *intenção.*
É sim, e você *sabe* disso.
Você faz *de propósito.*
Nunca me trataram *tão mal* quanto você me trata.
Então *por que* você continua vindo?
Não sei...
Mas eu *garanto* que, *depois de hoje,* não venho mais.
Você não vai mais precisar olhar na cara de alguém *patético* como eu.
Vou sair da nossa aula de literatura e fazer essa matéria no próximo semestre.
Não,
por favor, não faz isso.

O patético sou eu.
Bom, não vou discordar.
Por que é que eu estou aqui?
O Noah está no meu quarto, esperando por mim, e eu estou aqui gastando mais tempo ainda com o Hardin, de novo.
Eu preciso mesmo ir.
Não vá, Tess.
Fica, por favor.
Eu preciso de você.

Hardin, a gente *não pode* continuar com isso.
Não é bom *nem pra mim, nem pra você.*
Pode sim.
Não pode, não.
Você *age* como se me *odiasse.*
Você *me confunde.*
Num minuto você está me *humilhando...*
... mesmo *depois* do que a gente fez.
No minuto seguinte está *me beijando* e dizendo que *precisa de mim...*
Eu não gosto de quem eu *sou* quando estou com você.
Quem você é quando está comigo?
Uma menina que trai o namorado.

Eu sei que você me *acha* um cara do mal...
... mas você me faz...
... Deixa pra lá.
Termine essa frase, Hardin, ou eu vou embora *agora* mesmo.
Você...
Você me faz *querer* ser bom, por você.
Eu *quero* ser bom por você, Tess.
O quê?
Você me faz sentir...
... uma coisa estranha.
Não sei lidar com esses sentimentos, por isso faço a única coisa que eu sei fazer.
Que é ser um **babaca**.

Nunca daria certo, Hardin, nós somos *muito* diferentes.
E você *não namora*, lembra?
Não somos *tão* diferentes assim…
Gostamos das mesmas coisas. Nós dois amamos ler, por exemplo.
Você *não namora*, tenho que *te lembrar de novo*.
Eu sei, mas a gente podia…
… ser *amigos?*
Não vou ser sua *amiga*… Eu *sei* o que você quer dizer com isso.
Você quer todos os *benefícios* de um namorado sem ter que se *comprometer*.
Não vou ser seu brinquedinho.
Além disso, eu *já* sou comprometida, Hardin.
Mesmo assim, olha só onde você tá *agora*.
Eu amo o Noah e ele me ama!
Não me DIGA isso.

Se você *olhar nos meus olhos* e me pedir pra *te deixar em paz* e *nunca mais* falar com você, *eu sumo.*
É só dizer.
Diga, Tess, diga que *nunca mais* quer que eu *te beije.*
Diga.
Hardin...
Você *não consegue* resistir a mim, Tess, assim como eu *não consigo* resistir a você.
Fica comigo hoje.
Não!
Eu preciso ir.
Está tarde...
Por favor, fica, *por favor.*
Fica comigo hoje, e amanhã cedo você pode *decidir* se não quer mais me ver...
Mas *fica, por favor.*
E *o que* eu falo pro Noah?
Ele está *me esperando.*

Não fala *nada* pra ele.
Estou com o carro dele, e ele *não tem* como voltar pro *hotel*.
Não *acredito* que estou pensando em ficar.
Hotel?
Espera...
Ele *não fica* no seu quarto?
Desculpa, mas tem *coisa errada* aí.
Se você fosse *minha*, eu não ia conseguir ficar *longe* de você.
Tem certeza que não quer uma carona de volta pra fraternidade?
Não, vou ficar *aqui*. E você *também*.
Vamos *subir*.
Espero que a gente não encontre o Landon.
E o Noah?
Ele vai contar *tudo* pra minha mãe...

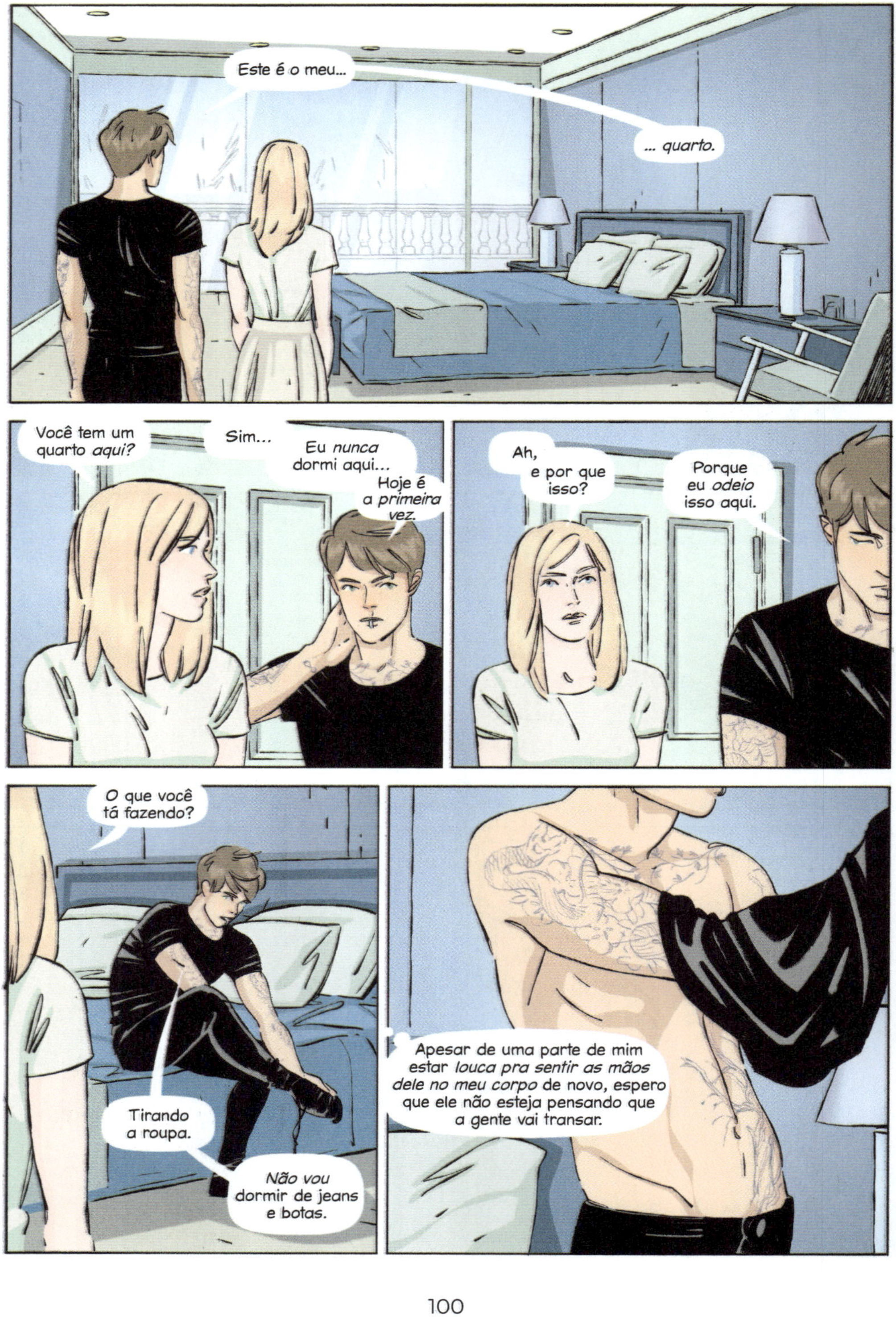
Este é o meu...
... *quarto.*
Você tem um quarto *aqui?*
Sim...
Eu *nunca* dormi aqui...
Hoje é a *primeira* vez.
Ah, e por que isso?
Porque eu *odeio* isso aqui.
O que você tá fazendo?
Tirando a roupa.
Não vou dormir de jeans e botas.
Apesar de uma parte de mim estar *louca pra sentir as mãos dele no meu corpo* de novo, espero que ele não esteja pensando que a gente vai transar.

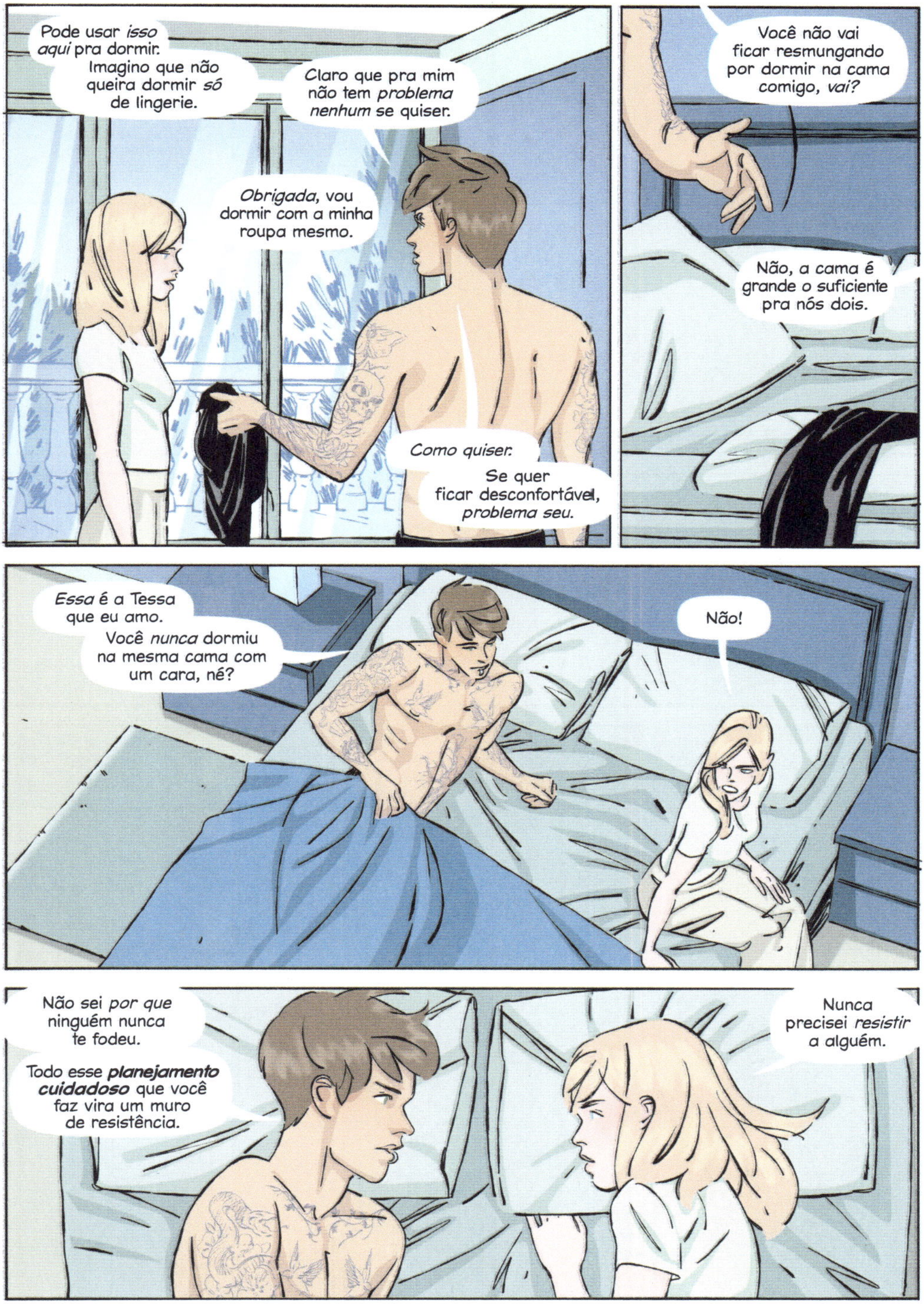

Pode usar *isso aqui* pra dormir.
Imagino que não queira dormir *só* de lingerie.
Claro que pra mim não tem *problema nenhum* se quiser.
Obrigada, vou dormir com a minha roupa mesmo.
Como quiser.
Se quer ficar desconfortável, *problema seu.*
Você não vai ficar resmungando por dormir na cama comigo, *vai?*
Não, a cama é grande o suficiente pra nós dois.
Essa é a Tessa que eu amo.
Você *nunca* dormiu na mesma cama com um cara, né?
Não!
Não sei *por que* ninguém nunca te fodeu.
Todo esse ***planejamento cuidadoso*** que você faz vira um muro de resistência.
Nunca precisei *resistir* a alguém.

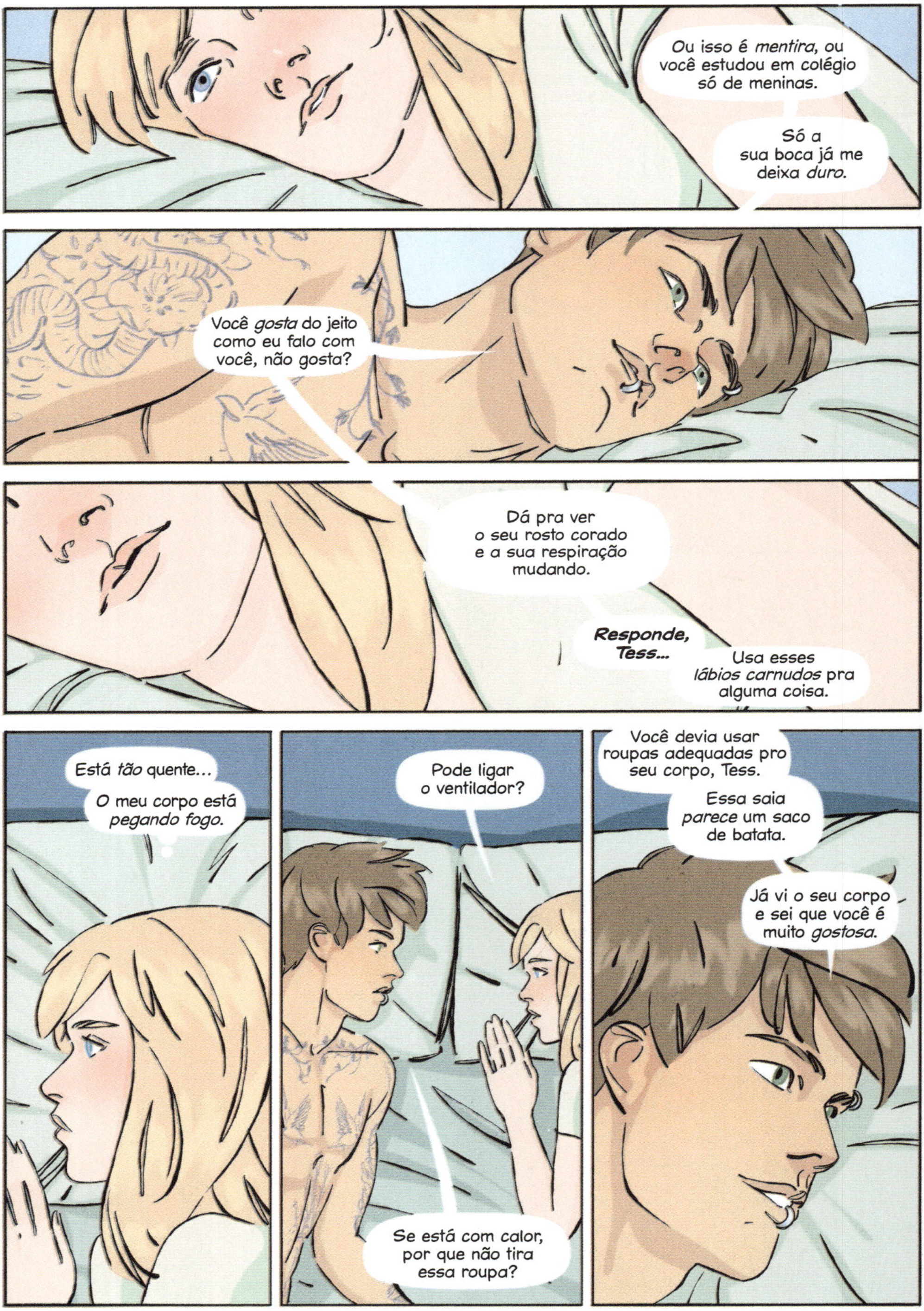

Ou isso é *mentira*, ou você estudou em colégio só de meninas.
Só a sua boca já me deixa *duro*.
Você *gosta* do jeito como eu falo com você, não gosta?
Dá pra ver o seu rosto corado e a sua respiração mudando.
Responde, Tess...
Usa esses *lábios carnudos* pra alguma coisa.
Está *tão* quente...
O meu corpo está *pegando fogo*.
Pode ligar o ventilador?
Se está com calor, por que não tira essa roupa?
Você devia usar roupas adequadas pro seu corpo, Tess.
Essa saia *parece* um saco de batata.
Já vi o seu corpo e sei que você é muito *gostosa*.

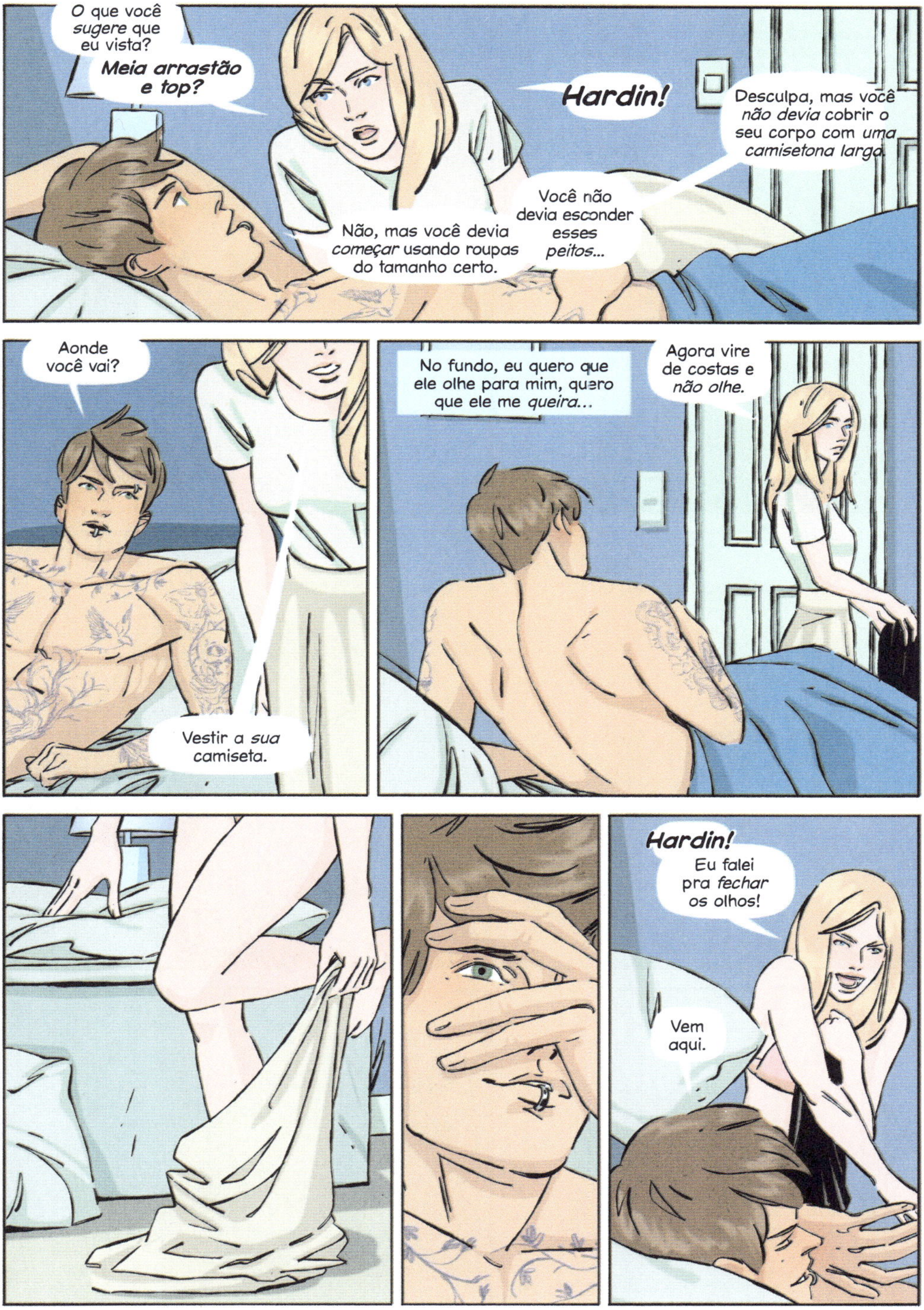
O que você *sugere* que eu vista?
Meia arrastão e top?
Hardin!
Desculpa, mas você *não devia* cobrir o seu corpo com *uma camisetona larga.*
Não, mas você devia *começar* usando roupas do tamanho certo.
Você não devia esconder esses *peitos*...
Aonde você vai?
Vestir a *sua* camiseta.
No fundo, eu quero que ele olhe para mim, quero que ele me *queira*...
Agora vire de costas e *não olhe.*
Hardin!
Eu falei pra *fechar* os olhos!
Vem aqui.

Quando estou com ele, eu me sinto como a Cinderela, esperando dar a hora para a minha noite incrível terminar.
Que foi?
Nada...
... Só não sei o que fazer.
Faça o que quiser, Tess.
Não pense demais.
Quer que eu te *mostre* o que fazer?

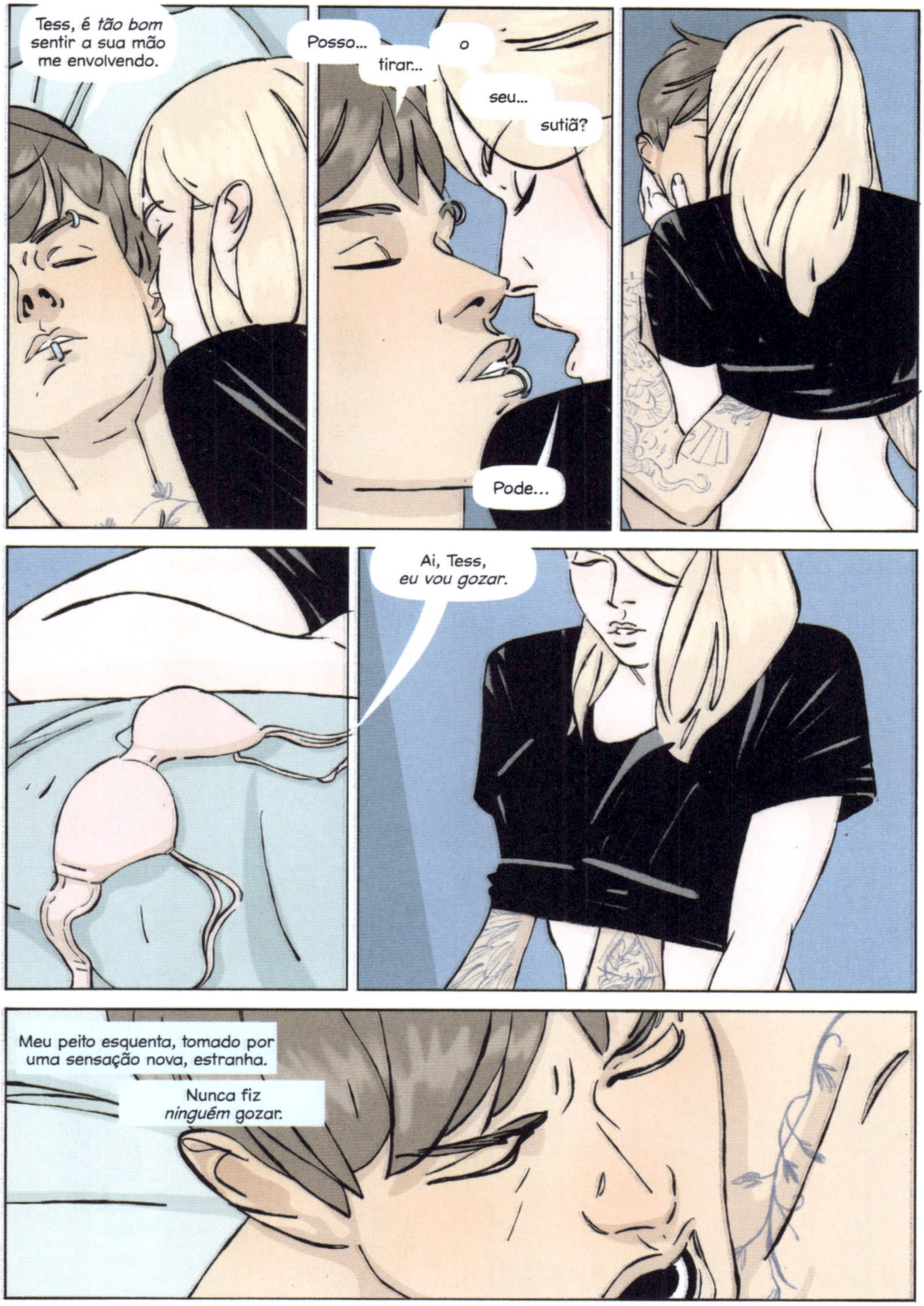
Tess, é *tão bom* sentir a sua mão me envolvendo.
Posso...
o
tirar...
seu...
sutiã?
Pode...
Ai, Tess, *eu vou gozar*.
Meu peito esquenta, tomado por uma sensação nova, estranha.
Nunca fiz *ninguém* gozar.

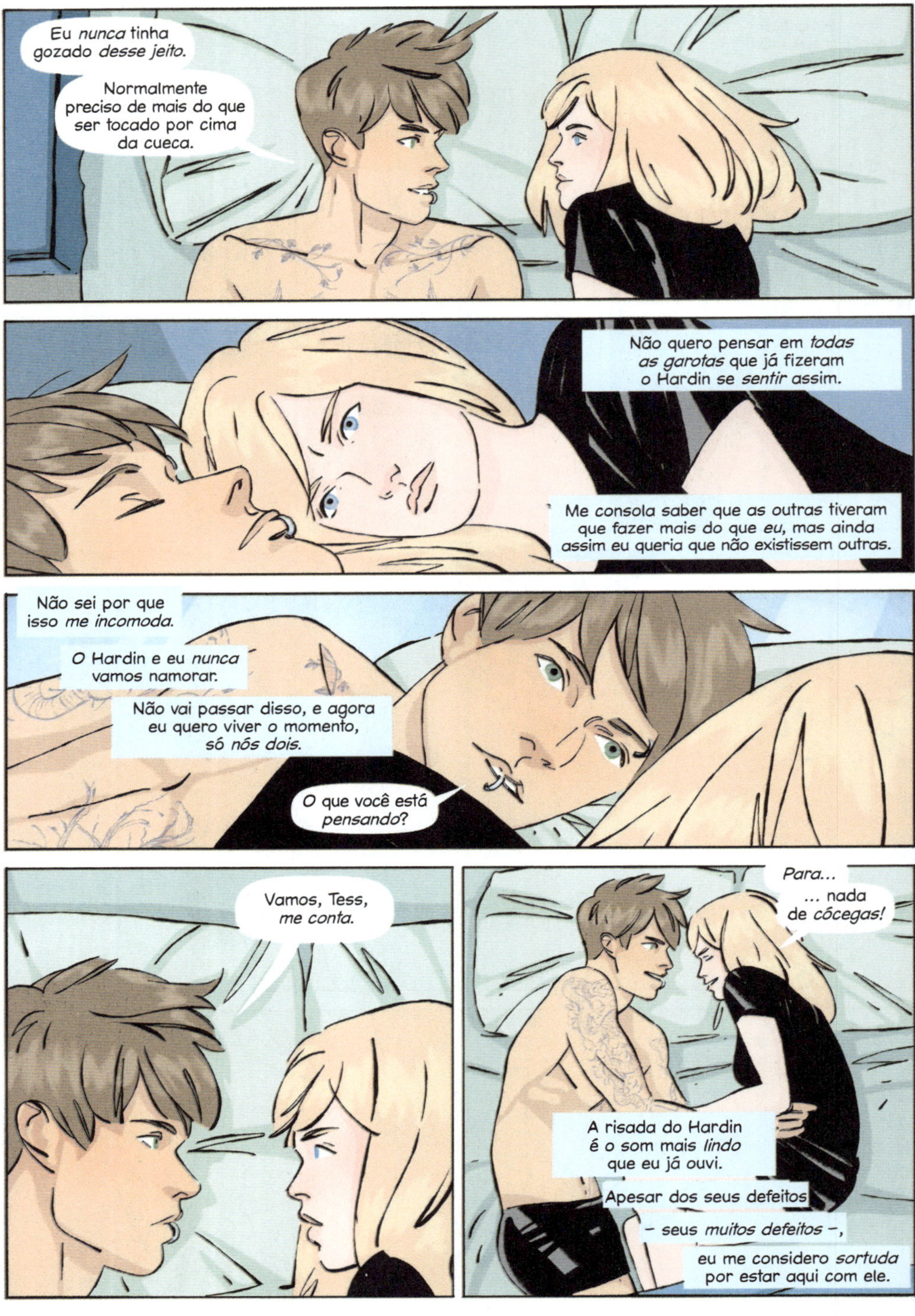
Eu *nunca* tinha gozado *desse jeito*.
Normalmente preciso de mais do que ser tocado por cima da cueca.
Não quero pensar em *todas as garotas* que já fizeram o Hardin se *sentir* assim.
Me consola saber que as outras tiveram que fazer mais do que *eu*, mas ainda assim eu queria que não existissem outras.
Não sei por que isso *me incomoda*.
O Hardin e eu *nunca* vamos namorar.
Não vai passar disso, e agora eu quero viver o momento, *só nós dois*.
O que você está *pensando*?
Vamos, Tess, *me conta*.
Para...
... nada de *cócegas!*
A risada do Hardin é o som mais *lindo* que eu já ouvi.
Apesar dos seus defeitos
– seus *muitos defeitos* –,
eu me considero *sortuda* por estar aqui com ele.

Já volto.
Preciso *trocar* de cueca.
Eu devia levantar e olhar meu *celular*.
Mas a *última coisa* que preciso agora é ler as mensagens do Noah.
Ele deve estar *em pânico*.
Eu sei que *amo* o Noah.
Mas estou começando a *me perguntar* se eu *o amo* como alguém com quem eu passaria a vida.
O Hardin dominou todos os meus sentidos, *por mais* que eu tente negar.
Eu o *desejo* mesmo quando estou *com ódio* dele...
Estou na cama *dele* em vez de estar com o *Noah*.
Não durma ainda...
Quero retribuir o favor.

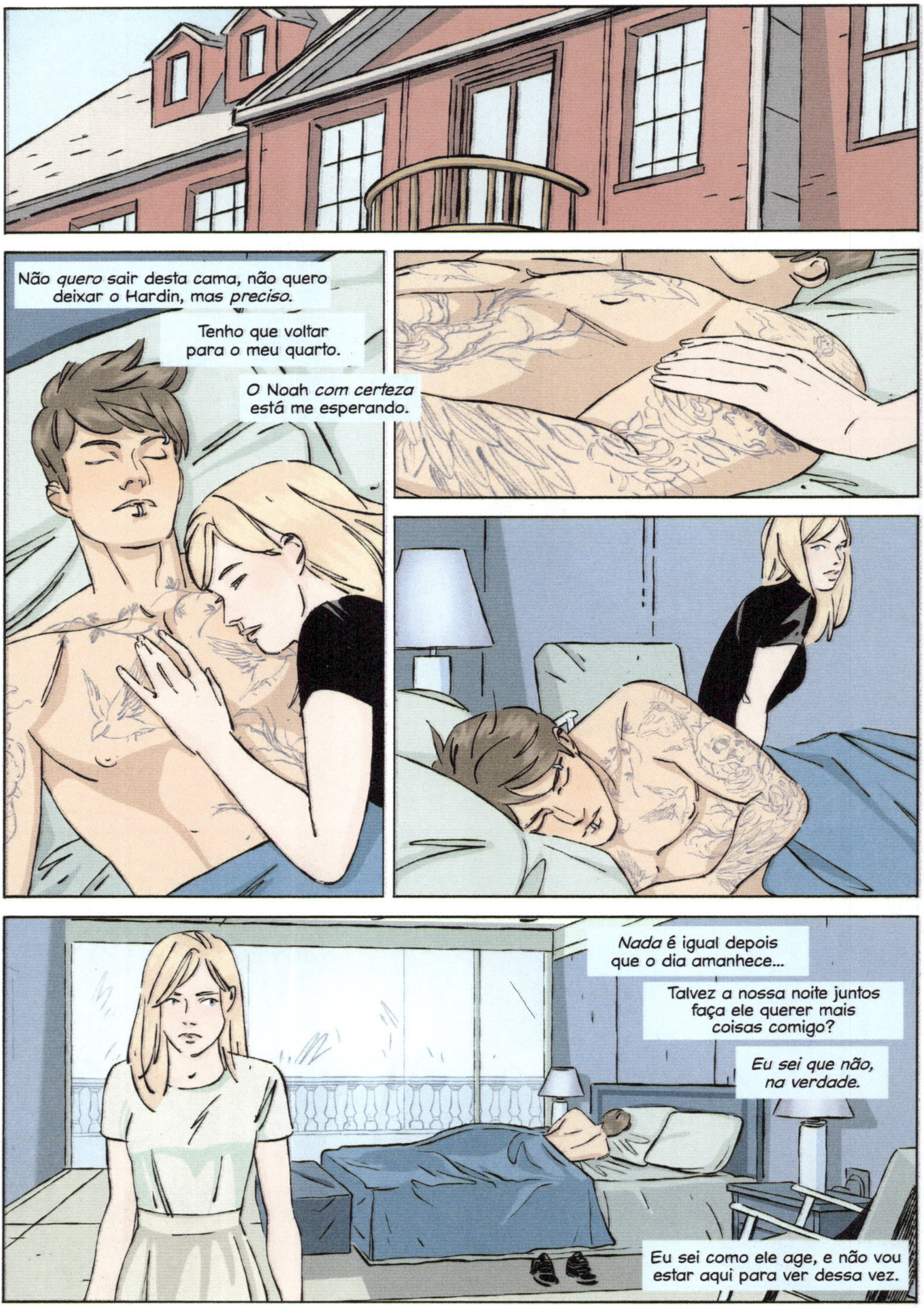
Não *quero* sair desta cama, não quero deixar o Hardin, mas *preciso*.
Tenho que voltar para o meu quarto.
O Noah *com certeza* está me esperando.
Nada é igual depois que o dia amanhece...
Talvez a nossa noite juntos faça ele querer mais coisas comigo?
Eu sei que não, na verdade.
Eu sei como ele age, e não vou estar aqui para ver dessa vez.

Landon... eu...
Você está bem?
Então você e o Hardin são amigos de novo?
Sim, estou bem.
Mas não tenho ideia do que a gente tá fazendo.
Ele só...
Eu sei que você deve achar...
Eu não acho nada.
Eu sei que o Hardin sabe ser difícil.
E sei que você não gosta dele.
Significa muito pra mim você ter vindo aqui ajudar a controlar os ataques dele.
Te agradeço muito.
Eu quase quero que ele diga como me despreza...
... por ter passado a noite com o Hardin, por ter deixado o meu namorado me esperando.
Para que eu me sinta tão mal quanto deveria.
Preciso ir.
Até mais tarde, Landon.
Preciso sair daqui antes que destrua a boa impressão que o Landon tem de mim e antes que o Hardin acorde.

Meu Deus, Tessa!
Onde você esteve a noite toda?
Não parei de te ligar!
Sinto MUITO, Noah, MUITO MESMO.
Fui até a casa do Landon porque o Hardin estava bêbado e quebrando coisas.
E, quando a gente terminou de limpar tudo, estava muito tarde e meu celular ficou sem bateria.
Por que você não usou o celular de outra pessoa?
Deixa pra lá...
Você está bem?
Sim, não se preocupe.
Ele não estava violento nem nada, só estava bêbado.
Não acredito que estou mentindo bem na cara dele...
Ele já esteve do meu lado tantas vezes, e aqui estou eu mentindo para ele.
Eu sei que devia contar tudo...
... mas não consigo nem imaginar o Noah magoado comigo.
Pensei que você fosse parar de andar com essa gente.
Você não prometeu isso pra mim e pra sua mãe?
Eles estão fazendo você mudar, Tessa.
Bom, Noah...

O que você está *fazendo* aqui?
O que você acha?
Você foi embora de fininho enquanto eu estava dormindo.
Por quê?
Responde!
Não grita com ela.
Hardin...
... vai embora, *por favor*.
Falamos sobre isso *mais tarde*.
Falar sobre O QUÊ?
O que está rolando, *Tessa*?
Conta pra ele.
Conta *logo*!

Me contar o quê, Tessa?
Nada...
Só o que você já sabe, que eu passei a noite na casa do Hardin e do Landon.
Conta pra ele, Tessa, senão **eu conto!**
Eu sei que está tudo perdido.
Sei que não tem mais como esconder nada.
Noah... Eu...
O Hardin e eu...
Meu DEUS!
Como você pôde, Tessa?
Depois de TUDO que a gente passou?
Quando foi que ISSO começou?
Noah, eu sinto *tanto*...
Não sei onde eu estava com a cabeça...
Também não sei onde você estava com a cabeça.
Eu não te conheço mais.

Noah, POR FAVOR!
ESPERA!
Não *encosta* em mim!
Não *acredito* que você fez isso!
É muito baixo, Hardin, *até* pra você.
Se você for atrás dele, *acabou.*
Acabou?
Acabou o quê?
Acabou você fodendo com os meus sentimentos?
EU TE ODEIO!
B22
Não tem como acabar uma coisa que *nunca* começou.

NOAH!
Não posso perder o Noah.
De jeito nenhum.
Noah, *por favor*, eu sinto *muito*.
Por favor, me perdoa.
Por favor.
Não aguento mais te ouvir...
Não sei *o que* pensar agora, Tessa.
Eu *te amo*.
BRRRVMMM

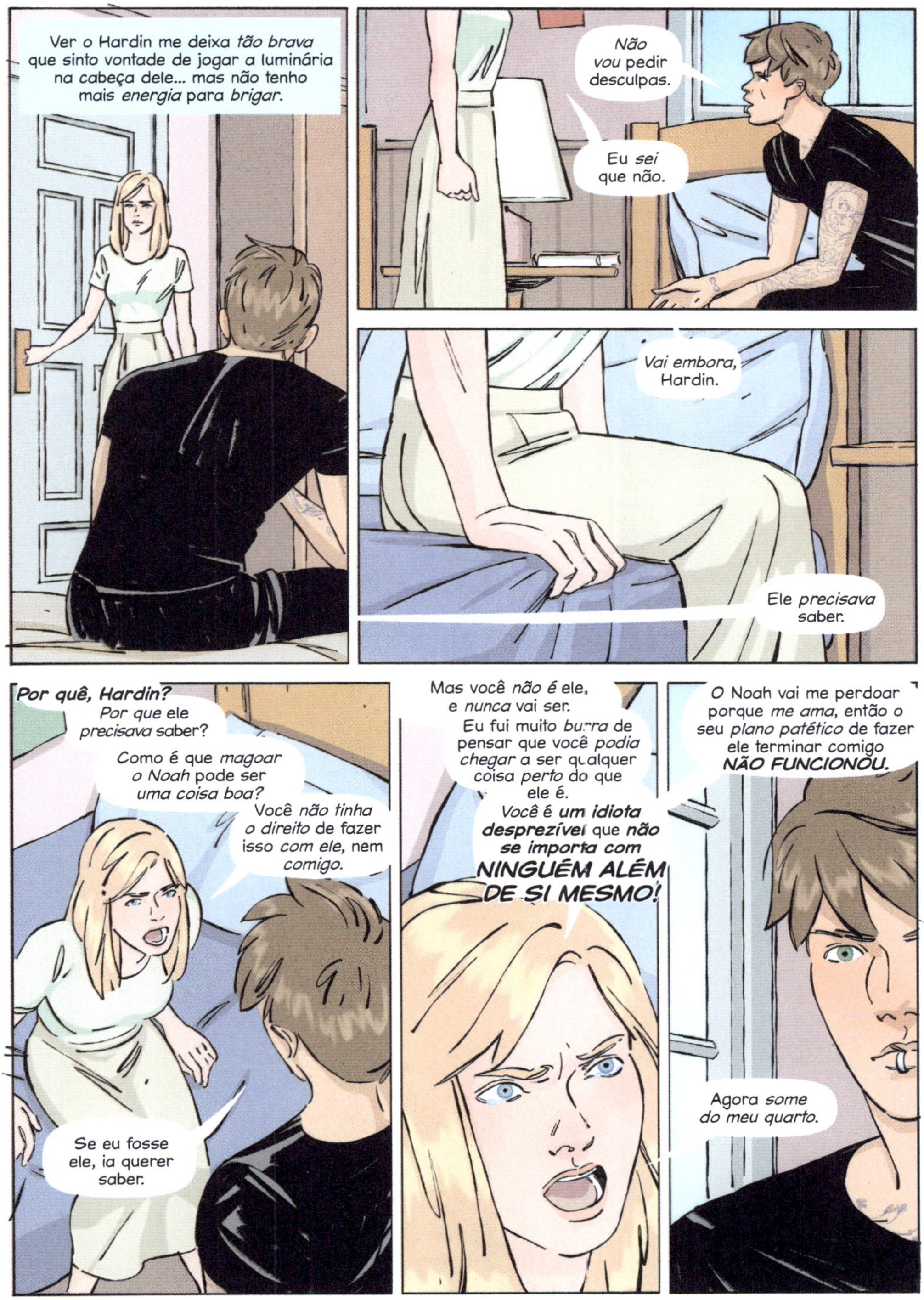
Ver o Hardin me deixa *tão brava* que sinto vontade de jogar a luminária na cabeça dele... mas não tenho mais *energia* para *brigar*.
Não vou pedir desculpas.
Eu *sei* que não.
Vai embora, Hardin.
Ele *precisava* saber.
Por quê, Hardin?
Por que ele *precisava* saber?
Como é que *magoar* o Noah pode ser *uma coisa boa?*
Você *não tinha o direito* de fazer isso *com ele*, nem *comigo*.
Se eu fosse ele, ia querer saber.
Mas você *não é* ele, e *nunca* vai ser.
Eu fui muito *burra* de pensar que você *podia chegar* a ser qualquer coisa *perto* do que ele é.
Você é ***um idiota desprezível*** *que* ***não se importa com*** ***NINGUÉM ALÉM DE SI MESMO!***
O Noah vai me perdoar porque *me ama*, então o seu *plano patético* de fazer ele terminar comigo **NÃO FUNCIONOU.**
Agora *some do meu quarto.*

FORA DAQUI!
Eu sei que você *já deve estar* planejando a sua próxima armadilha, mas *quer saber*, Hardin?
NÃO VAI *mais* funcionar.
Não é isso que eu estou fazendo, *Tessa*.
Depois da noite passada, *eu pensei...*
Sei lá, pensei que você e eu...
Você não *espera* que eu caia nessa, né?
Que você *sente alguma coisa* por mim?
Claro que sinto, Tessa.
Você me faz sentir *tão...*
NÃO!
Eu não quero *ouvir*, Hardin.
Eu *sei* que você está mentindo, que esse é o seu jeito *doentio* de *sentir prazer*.
Me fazer acreditar que você *poderia* sentir por mim o que eu sinto por *você*.
Sentir a mesma coisa que você?
Está me dizendo que você...
Se você não for embora *agora...*
Que fim de semana, meninos e meninas...
Estou ***exausta!***

O que tá rolando?
Cadê o Noah?
Ele foi embora, assim como o Hardin vai fazer agora.
Tessa...
Steph, por favor, faça ele ir embora.
Que MERDA, Hardin!
Eu te disse pra ficar longe dela.
Vamos, Garoto Prodígio.
Não é isso.
Se liga, Hardin, eu te conheço.
Encontre outra pessoa pra brincar...
Ela não aguenta essa merda.
Tudo bem.
Eu vou ficar longe dela.
Mas não leve a Theresa a nenhuma outra festa na minha casa.
Estou falando sério, não quero ver a cara dela DE NOVO!
Se acontecer, eu ACABO com ela!
BAM!

Obrigada por *tirar* ele daqui.
Foi mau, é tudo *culpa minha*.
O Hardin pode ser meu *amigo*, mas *você* também é, e não quero que ele te *perturbe*.
Ele sabe ser um *babaca*.
Não, não é *nem de perto* sua culpa.
Não quero *atrapalhar* a amizade de vocês.
Ah, por favor.
Quer falar sobre isso?
Na verdade eu quero.
Quero tirar isso do meu peito.
Conto tudo para ela, desde a primeira vez que beijei o Hardin até o nosso dia no lago, a nossa noite juntos e o momento em que ele destruiu todo o respeito que eu tinha por ele quando me fez contar para o Noah.

NOSSA! Eu não fazia *ideia* de que *tanta coisa* tinha acontecido.
Eu sabia que tinha *alguma coisa* entre você e o Hardin.
Se eu fosse você, tentaria fazer as coisas darem certo com o Noah.
O Hardin não tem *capacidade* de namorar *ninguém.*
Eu sei que ela tem razão.
Então por que *dói tanto*?
Segunda-feira de manhã.
Landon?
O que aconteceu com o seu *olho*?
O Hardin fez isso?
É...
Quando ele voltou, estava *muito puto.*
Começou a procurar *mais* coisas pra quebrar, então eu tentei impedir e a gente acabou brigando.
Mas não se preocupe *comigo.*
Eu *segurei* as pontas.
Acho que não vamos ver o Hardin hoje...
... Ele *trocou* as aulas dele.

Na sexta à noite, a Steph *insiste* que eu vá a um restaurante com ela e alguns amigos.
Ela sabe que estou *de bode* há dias.
A gente traz você de volta logo depois do jantar, *prometo*.
Olha, vista isto.
Tem certeza?
Experimenta, *por favor*.
Vai ficar *linda*.
O Nate e o Zed vão encontrar a gente.
Desde que não seja o Hardin, não me importo.

Duas cervejas...
E uma Coca, por favor.
Você me disse que o Hardin *não estaria* aqui!
Juro que eu não sabia que ele vinha.
Caramba, Tessa, você está muito ***gostosa!***
Posso sentir os *olhos* do Hardin em mim, mas não consigo olhar para ele abraçado com a Molly, que está usando uma blusa *toda decotada*.
O ciúme toma conta de mim.

Aquela *loira* ali pediu o hambúrguer *sem ketchup*.
Certo...
Vou trazer outro pra ela.
Querida, me dê o seu prato.
O que foi **isso?**
Não enche, Molly.
Pelo menos eu sei que ele não é grosso só comigo.
Você vai ver a *fogueira* semana que vem?
Não sei, não é *bem* a minha praia.
Você vai?
Sim, com o Landon.
Landon Gibson?
Ele *com certeza* vai ver a fogueira!
O Landon é *tão* patético...
HA HA HA HA HA
Bom, *sinto muito* se ele não é *descolado* o suficiente pra vocês.
Não gosto quando as pessoas *ofendem* os meus amigos.

Tá bom, tá bom, *desculpa.*
Além disso, ele merece um crédito por ter enfrentado o *Hardin.*
Ainda bem que o *professor* separou a briga, senão o Hardin teria tomado *muita porrada.*
Não foi assim que aconteceu...
E aí, Tessa, vai à festa?
Não, não vou.
O Tristan vai me levar de volta pra casa.
Ótimo, vamos nos livrar dela e *nos divertir* um pouco.
A Steph olha para mim, esperando que eu diga alguma coisa, mas não sei o que dizer.
Não quero ficar sozinha no carro com o Hardin, mas a curiosidade me vence. Eu preciso saber quais são as intenções dele. Preciso.
Eu vou levar a Tessa de volta.
O Tristan está bebendo.
Molly, pode ir com os outros. Te vejo *na festa.*

Por mais que eu tenha me esforçado para evitar encontrar o Hardin a semana toda, acabei dentro do carro com ele.
E esse *look novo?*
Meio exagerado, né?
Bom, a Steph queria que eu experimentasse algo *diferente*.
Então o plano dele é esse...
Tirar sarro da minha cara?
Você não precisava me levar pra casa, sabia?
Não precisa ficar *na defensiva*.
Só estou dizendo que o seu *tapa no visual* foi um pouco *demais*.
Que bom que não me interessa o que *você* acha.
Se não gosta do meu visual...
... é só *não olhar* pra mim.
Esse é *exatamente* o problema, né?
Eu *não consigo* parar de olhar pra você.
Ah, por favor!
Será que ele esqueceu que tentou destruir a minha vida há alguns dias e que não estamos nos falando?

Por que você não contou *a verdade* ao Zed...
... que a minha briga com o Landon *não aconteceu* na faculdade?
Porque você *obviamente não queria* que eles soubessem.
Mas *por que* você guardaria os meus segredos?
Você *não falou* do meu pai com a mãe dele.
Eu não poderia *te culpar* se tivesse feito isso, considerando o que eu fiz com você e o Noah.
É, bom, eu *não sou* você.
Tem muito mais coisas que eu poderia dizer, mas ficamos em silêncio pelo restante do trajeto.
BRRRVVRRRRRRRMMMMMM

Obrigada pela carona.
Volte *correndo*, a Molly está esperando.
Sim...
... melhor.
Ela é bem *divertida* quando *bebe*.
Aposto que sim.
O Noah *está vindo* pra cá.
É mesmo?
Tento *esconder* o fato de *me sentir* como se tivesse levado *um soco*.
Sim, até mais.
Tessa...
... **ESPERA!**
Eu... *Deixa pra lá*. Eu achei que você, hum, tivesse *deixado cair* alguma coisa, mas me enganei.

Tive que ir embora sem olhar para ver se ele estava vindo atrás de mim...
porque eu *sabia* que ele não viria.
Oi.
Oi, Tessa, como foi o seu dia?
Até que foi legal...
Estou descansando no quarto.
Vou ficar aqui hoje, estudar um pouco.
Queria estar com você.
Noah...
Você queria *mesmo*?
Sim, claro, Tessa. *Eu ainda te amo* e estou com saudade.
Estou disposto a tentar deixar isso pra lá, mas você tem que me prometer que não vai mais encontrar com ele.
Claro que prometo. Eu juro!
Te amo, Noah.
Uma parte de mim sabe que estou desesperada pelo perdão do Noah porque não quero ficar totalmente sozinha, pensando no Hardin.

Você tem que SAIR.
AGORA!
Nossa! Tá bom...
... tudo bem, calma!
Hardin?
Sai da frente.
Você está bloqueando a MINHA PORTA!
Theresa...
Por favor, pode mandar o seu namorado ficar longe do meu quarto?
Ele derramou vodca no chão inteiro!
Ele não é meu...
Desculpa pela bagunça.

O que está *fazendo* aqui, Hardin?
BAM!
Por que eu não posso entrar, Tessa?
Vou ser bonzinho com o vovô.
O Noah não está aqui.
Não está?
Então me deixa entrar.
Você tá ***bêbado?***
Hardin, você precisa *ir embora.*
Deixa ver se eu adivinho.
Uma das condições do Noah pra vocês continuarem juntos é que você precisa ficar longe de mim, né?
Sim, e, até onde eu sei, *não somos amigos* e não estamos nos falando.
Por que você bateu no Landon?
E por que está *bebendo* se me cisse que *não gostc?*
E *por que* você faz *sempre* tantas perguntas?
Não *quero* falar sobre *nada disso!*
O que *você* e o seu *pijaminha* estavam fazendo antes de eu chegar?

Estudando.
E eu *ia* ver um *filme*.
Me deixa *ficar* e *assistir* com você.
Não acho uma boa ideia.
As piores ideias costumam ser as *melhores*.
Além disso, você não vai querer que eu volte dirigindo *bêbado*, né?
De algum jeito, o Hardin sempre volta para mim, e eu não consigo resistir, apesar de saber que deveria.
Tudo bem, mas você senta no chão.
Tem pipoca?
Assista sem falar, ou eu *te expulso* daqui.
O Hardin finge passar um zíper na boca e me entrega a chave.
Ele se recosta, mas presta mais atenção em *mim* que no filme.
Tenho que admitir que é o momento mais tranquilo e em paz da minha semana.
Minha *bunda* está formigando de sentar nesse *chão*.
A cama da *Steph* é bem macia.
Não vou conseguir ver a tela daqui.
Vamos, Tessa, eu *prometo* que vou controlar minhas mãos.
Tudo bem.

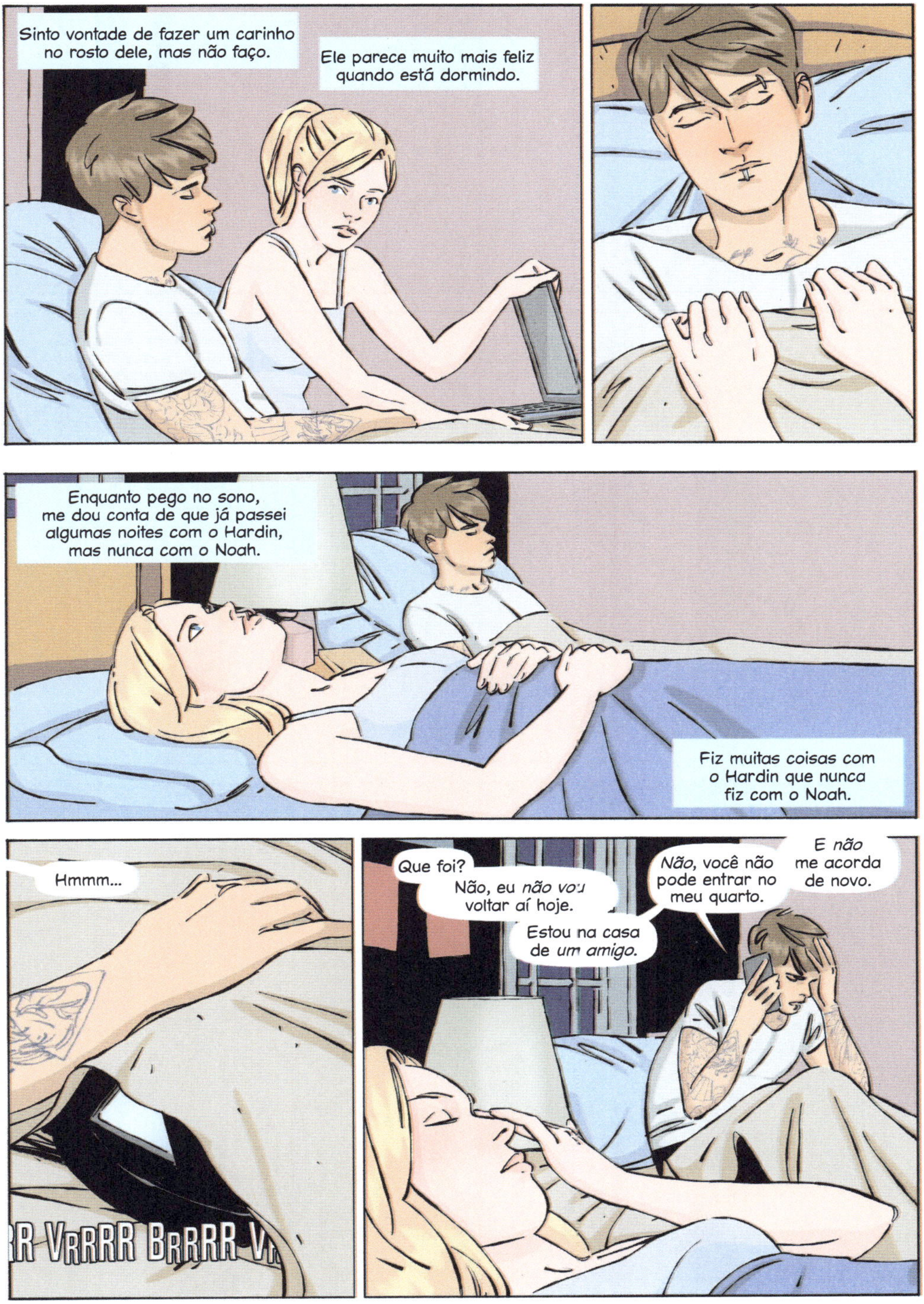
Sinto vontade de fazer um carinho no rosto dele, mas não faço.
Ele parece muito mais feliz quando está dormindo.
Enquanto pego no sono, me dou conta de que já passei algumas noites com o Hardin, mas nunca com o Noah.
Fiz muitas coisas com o Hardin que nunca fiz com o Noah.
Hmmm...
VRRRR BRRRR
Que foi?
Não, eu *não vou* voltar aí hoje.
Estou na casa de *um amigo*.
Não, você não pode entrar no meu quarto.
E *não* me acorda de novo.

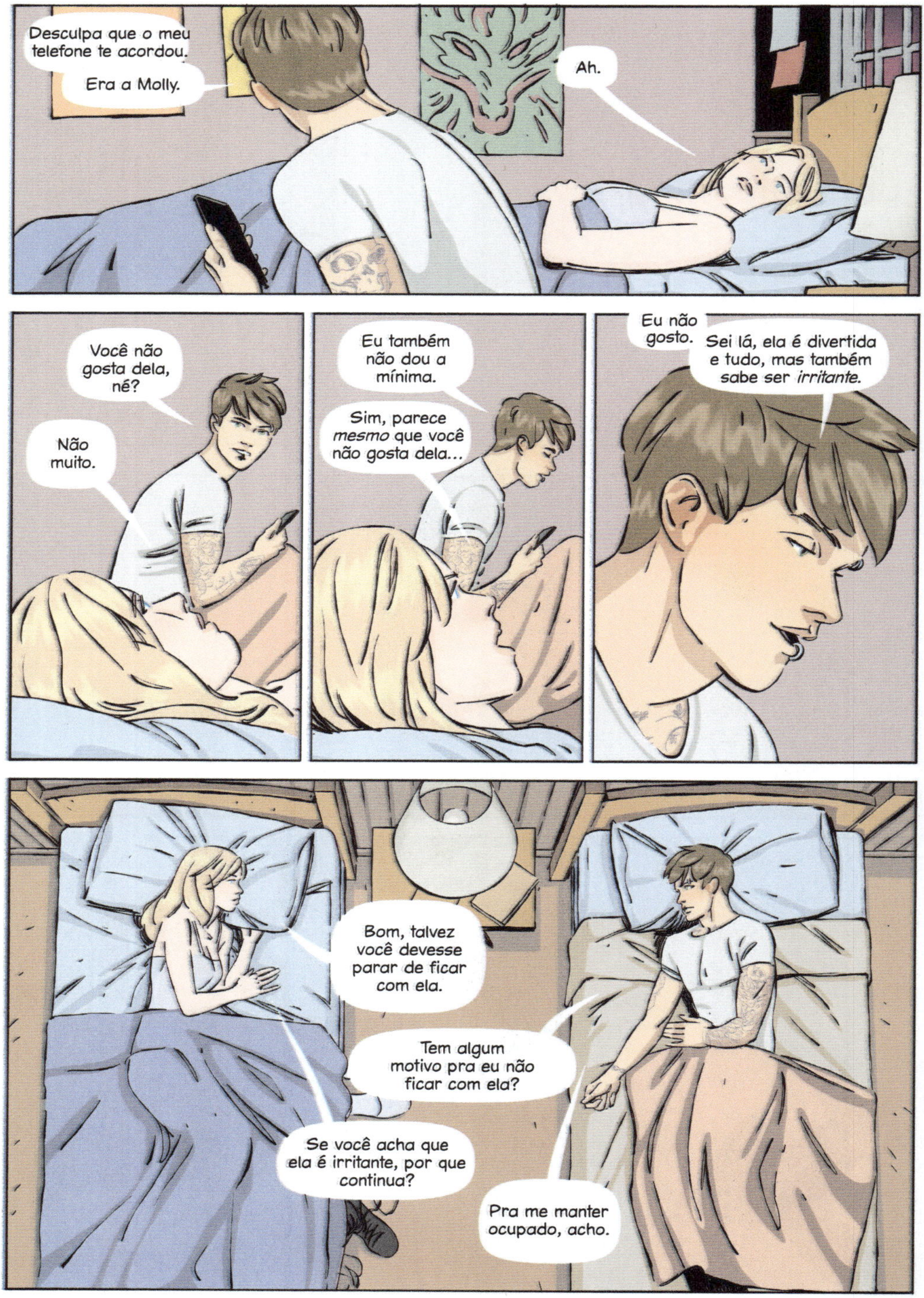

Desculpa que o meu telefone te acordou.
Era a Molly.
Ah.
Você não gosta dela, né?
Não muito.
Eu também não dou a mínima.
Sim, parece *mesmo* que você não gosta dela...
Eu não gosto.
Sei lá, ela é divertida e tudo, mas também sabe ser *irritante*.
Bom, talvez você devesse parar de ficar com ela.
Tem algum motivo pra eu não ficar com ela?
Se você acha que ela é irritante, por que continua?
Pra me manter ocupado, acho.

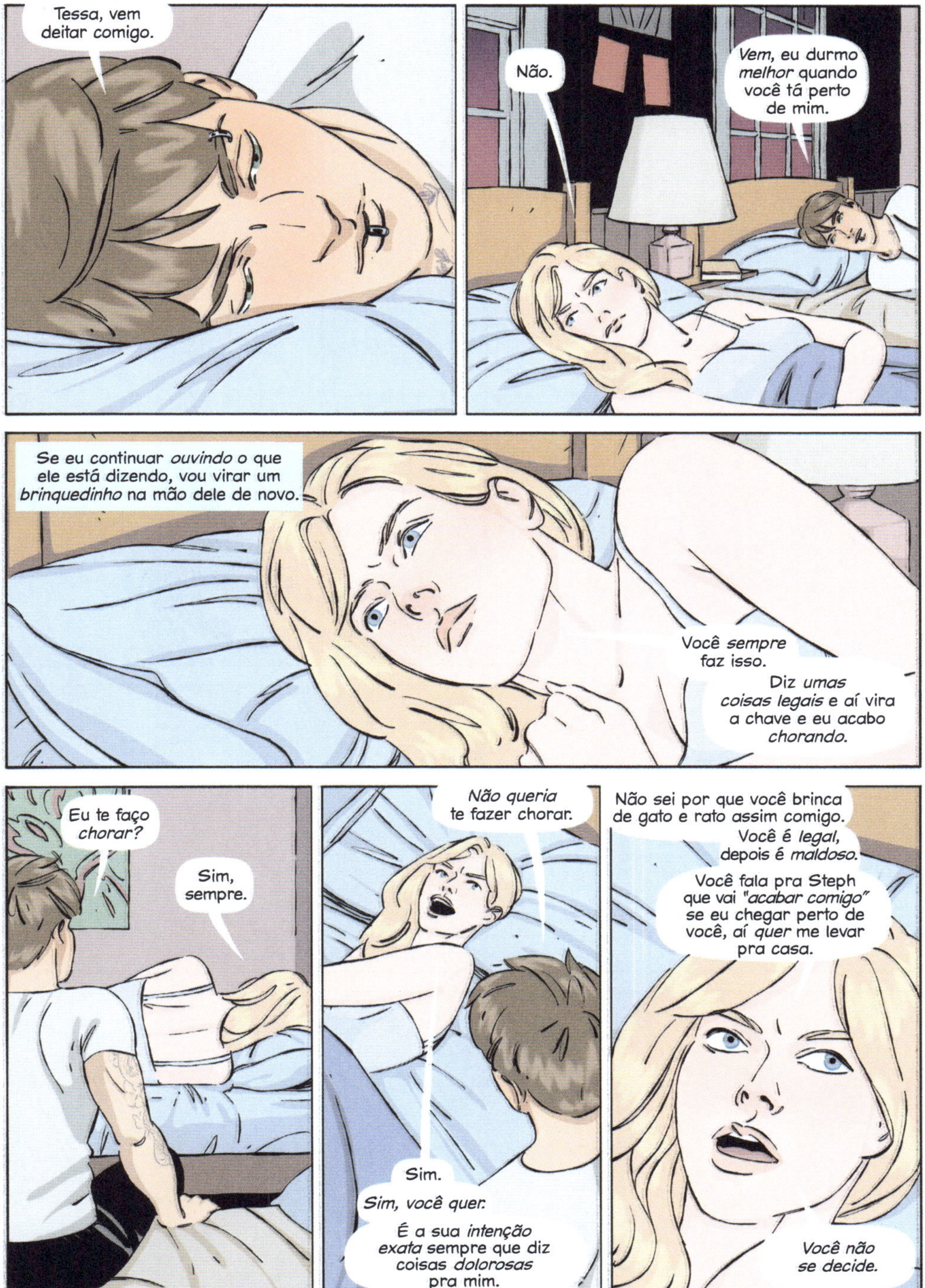
Tessa, vem deitar comigo.
Não.
Vem, eu durmo *melhor* quando você tá perto de mim.
Se eu continuar *ouvindo* o que ele está dizendo, vou virar um *brinquedinho* na mão dele de novo.
Você *sempre* faz isso.
Diz *umas coisas legais* e aí vira a chave e eu acabo *chorando*.
Eu te faço *chorar?*
Sim, sempre.
Não queria te fazer chorar.
Sim.
Sim, você quer.
É a sua *intenção exata* sempre que diz coisas *dolorosas* pra mim.
Não sei por que você brinca de gato e rato assim comigo.
Você é *legal*, depois é *maldoso*.
Você fala pra Steph que vai *"acabar comigo"* se eu chegar perto de você, aí *quer* me levar pra casa.
Você não se decide.

Eu não falei sério.
Esse lance de *acabar* com você.
Eu só...
... não sei.
Eu *digo coisas* às vezes...
Por que você saiu da aula de literatura?
Porque *você* me mandou ficar longe...
... e eu preciso fazer isso.
Por que não ficou, então?
Não sei.
Posso te perguntar uma coisa?
Você *sentiu falta* de mim esta semana?
Sim.
Eu senti sua falta.

Sério?
Sim, sério.
Preciso voltar a dormir.
Não vou conseguir se você não estiver comigo, *na mesma cama.*
Pronto, agora a gente pode dormir.
Tess...
Eu também *senti sua falta.*

7:30
VRRRR BRRRR VRRRR BRRRR VRRRR BRRRR VRRRR
Bom dia.
Você fica bonitinha dormindo.
Por que o alarme tocou *tão cedo* em pleno *sábado*?
Vou procurar um carro hoje.
Pode ir embora quando quiser.

Posso ir com você?
Procurar um carro?
Por que você faria isso?
Tenho que ter um motivo?
Você age como se eu estivesse *tramando* alguma coisa.
Bom, só estou *um pouco* surpresa com a sua *animação* tão cedo...
... e por você querer ir a algum lugar *comigo*...
... e por você *não me insultar.*
Vai ser divertido, *prometo.*
Me dá uma chance de te mostrar que eu posso ser *legal.*
É só *um* dia.

E aí, posso ir?
Vai ser mais fácil pra você se eu for de carro.
Não vai precisar pegar ônibus.
O Noah com certeza vai terminar o nosso namoro e nunca mais falar comigo se souber que o Hardin passou a noite na minha cama.
Tá, tudo bem.
Deixa eu me arrumar.
Vou tomar um banho.
Eu também.
Preto de novo?
Eu gosto quando você usa *branco*.
É *mesmo?*
Bom, eu gosto quando você usa esse jeans.
Sua *bunda* fica linda.

Depois de procurar em algumas lojas de carros usados, sem sucesso, decido interromper a busca.
Vou ter que ir mais longe do campus se quiser achar um carro decente por um preço justo.
Vamos parar *aqui* e tomar um *frozen yogurt.*
Sério?
Bom demais.
Hardin?

Hum... oi.
Mesma voz. *Mesmo* sotaque. Ao ver a reação do Hardin, *intuitivamente* sei que é o pai dele.
Oi, eu sou a *Tessa.*
Oi, Tessa.
Eu sou Ken Scott, o *pai* do Hardin.
Legal ver você com uma *amiga,* Hardin.
Por que *vocês dois* não vêm jantar com a gente hoje?
A Karen vai fazer alguma coisa *gostosa.*
Ela é uma cozinheira *de mão cheia.*
Você sabe como ela *gosta* de dar jantares.
Eu...
Hoje a gente *não pode.*
Eu tenho um *compromisso,* e ela *não quer* ir.

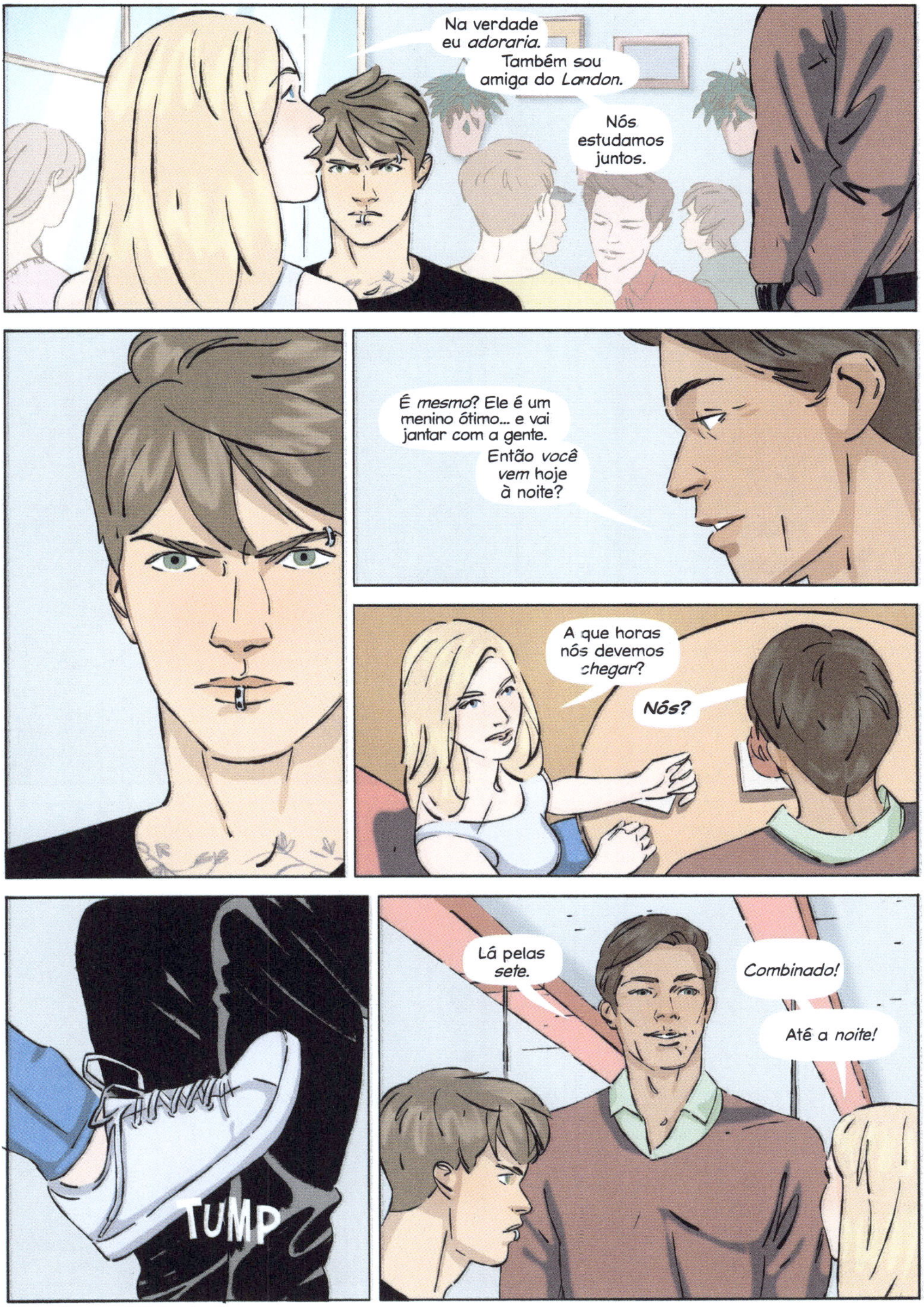
Na verdade eu adoraria.
Também sou amiga do Landon.
Nós estudamos juntos.
É mesmo? Ele é um menino ótimo... e vai jantar com a gente.
Então você vem hoje à noite?
A que horas nós devemos chegar?
Nós?
TUMP
Lá pelas sete.
Combinado!
Até a noite!

CLAAANC!
Desculpa...

Hardin!
Mas que *INFERNO*, Tessa!
Que *MERDA* foi *essa?*
Você não *viu* como ele *queria* que você fosse?
Ele estava *tentando* se aproximar de você, e você foi *muito* desrespeitoso!
Se aproximar de mim?
Está me *tirando,* ***porra?***
Talvez ele devesse ter tentado se aproximar de mim quando ***abandonou a família!***
Fica calmo e *para de falar palavrão*!
As pessoas erram, *Hardin*, e ele *nitidamente se importa* com você.
Você não sabe *merda nenhuma* sobre ele, ***Tessa!***

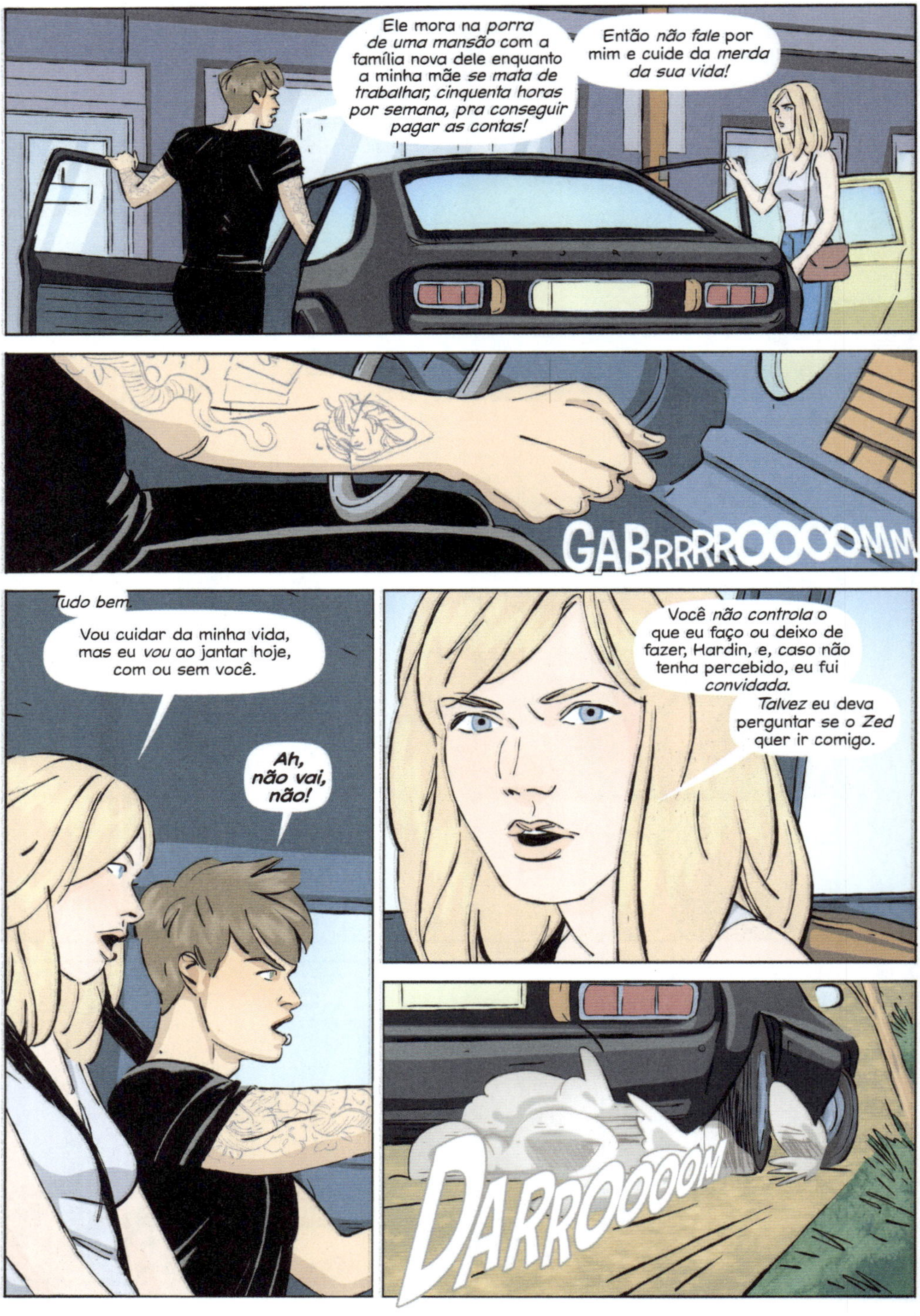
Ele mora na *porra de uma mansão* com a família nova dele enquanto a minha mãe *se mata de trabalhar, cinquenta horas por semana, pra conseguir pagar as contas!*
Então *não fale* por mim e cuide da *merda da sua vida!*
GABRRRROOOOMM
Tudo bem.
Vou cuidar da minha vida, mas eu *vou* ao jantar hoje, com ou sem você.
Ah, não vai, não!
Você *não controla* o que eu faço ou deixo de fazer, Hardin, e, *caso* não tenha percebido, eu fui *convidada*.
Talvez eu deva perguntar se o *Zed* quer ir comigo.
DARROOOOOM

QUAL É o seu problema?
Por que saiu da estrada assim?
A pergunta aqui é qual é o SEU problema!
Você diz pro meu pai que eu vou jantar na casa dele, aí tem a audácia de tocar no nome do Zed?
Ah, sim, desculpa. Seus amiguinhos descolados não sabem que o Landon é seu irmão de criação e você tem medo que eles descubram?
Primeiro: ele não é meu irmão de criação. E segundo: você sabe que não é por isso que eu não quero o Zed lá.
Ficamos em silêncio, mas eu sei que ele não vai ficar bravo comigo por muito tempo. Isso tem mais a ver com competição entre eles do que com uma preocupação real de que eu convide o Zed.
E aí, você vai comigo ou não?
Faz um tempo que eu não como comida caseira, e não vou deixar a chance passar.
Tessa, eu não quero ir mesmo.
Não quero ter que ficar sentado com o meu pai e a família perfeita dele.
Tenho meus motivos pra evitar aquela gente.
Vai ficar bravo comigo se eu for?
Estou sempre bravo com você, Tessa.
Eu também estou sempre brava com você.

Acabei de passar a noite e quase a tarde toda com o Hardin, e nós nos demos bem, na maior parte do tempo. Eu sei que devia telefonar para o Noah...
... mas quero aproveitar essa sensação de agora.
Oi!
E aí?
TOC TOC
Está esperando alguém?
Não.
O que você tá *fazendo aqui*, Hardin?
Esqueci *alguma coisa* no seu carro?
Preciso conversar com a *Tessa*.
Pensei em talvez *te levar* até a casa do meu pai *hoje*.
Já que você *não encontrou* um carro.
Bom...
Seria *ótimo*.
Passo aqui umas *seis e meia*.
Obrigada, Hardin.

BAM!
Que MERDA foi aquela?
Tipo... por que você vai na casa do pai dele?
O que foi que eu perdi?!
Ainda não acho uma boa ideia, mas parece que você sabe lidar com ele melhor que a maioria das pessoas.
Só toma cuidado.
Ele só não está acostumado a ser legal, mas por algum motivo tem sido legal comigo...
Talvez seja um jeito de me vencer em algum tipo de jogo, ou de provar que ele consegue fingir ser quem não é?
Não sei bem, e fico com dor de cabeça tentando entender.

O que você está *fazendo?*
Entrando com você, *ué.*
Sério?!
Achei que você não ia...
Pois é.
Agora vamos *entrar* e ter a *pior noite* da nossa *vida.*
Muito obrigada por nos receber, sr. Scott.
Eu que agradeço por ter vindo, Tessa.
O Landon disse *coisas ótimas* sobre você.
Ele *gosta muito* de você.
E, por favor, me chame de Ken.

Você deve ser a Tessa!
É um prazer te conhecer.
Sua casa é linda.
Obrigada por me receber.
O prazer é meu.
Vou terminar as coisas na cozinha.
Ken, pode me ajudar?
Então você e o Hardin estão tentando ser amigos?
O Ken pelo jeito pensa que vocês estão namorando.
Ainda estou com o Noah...
Se os dois nerds aí já tiverem comparado os cadernos, seria legal jantar em algum momento do próximo ano.
É melhor o Hardin se comportar, ou vou acabar com ele.

E então, Tessa, o que está achando da Washington Central até agora?
Estou gostando *muito*. Mas ainda é o primeiro semestre, então me pergunte de novo daqui a alguns meses.
Deve ser ótimo morar perto do campus.
Estamos muito felizes aqui.
Quando o Ken se tornou reitor, nós encontramos esta casa e nos apaixonamos logo de cara.
Reitor?
Da WCU?
Sim.
O Hardin *não comentou?*
Não! Tá bom? Eu *não contei pra ela...*
Não sei que diferença faz essa *merda*.
Não *preciso* usar o seu *nome* nem o seu *cargo*!
Desculpe, eu não sabia.
Não se desculpe pela grosseria *dele*. Não é sua culpa.

Hardin...
VEM VEM, Tessa.
SEM CHANCE de eu pedir desculpa pra eles, então não perca o seu tempo!
Me deixa EM PAZ.
Por que estou aqui de novo?
Ah, sim, claro...
Pra ser o saco de pancadas do Hardin.
Quer saber?
Beleza.
Nem sei por que eu continuo tentando com você.
Você não merece o meu tempo.
Você estraga TUDO!
E eu cansei de ser uma dessas coisas.

Tess.
Você está certa...
Ele vai ficar bem.
Vem.
Vamos entrar.
Tessa?

Desculpa pelo meu surto mais cedo.
Não foi culpa sua.
Tudo bem, Hardin. Não vamos deixar isso estragar a noite.
Vamos terminar de jantar.
A comida está *uma delícia*!
- E então, Tessa, quais são seus planos para depois da faculdade?
Vou mudar para *Seattle* pra trabalhar em uma *editora*, e *espero* escrever um livro.
Por *acaso* eu tenho uns bons contatos na editora Vance.
Posso ligar para eles, se você quiser, para saber se há alguma vaga de estágio.
Sério?
Eu ficaria *muito* agradecida!
Se vocês me dão licença...

A Karen gostou de eu ter me oferecido para ajudar.
Pela conversa fácil e os sorrisos dela, dá para ver de onde vem a gentileza do Landon.
Se não se importa que eu pergunte, há quanto tempo você e o Hardin estão *saindo*?
Bom, a gente se conhece faz *só* um mês.
Ele é amigo da minha colega de quarto, a Steph.
Nós conhecemos alguns dos amigos do Hardin.
Você é...
... bem, você é *diferente* dos outros.
O Hardin não é tão ruim quanto parece. Só está magoado.
Fiquei muito surpresa por ele ter vindo hoje.
Imagino que tenha sido a *sua influência* sobre ele.
Obrigada.

Não encontro o Landon em lugar nenhum no andar de baixo, por isso subo para o quarto do Hardin.
TOC TOC
Está tudo *bem*?
O que *aconteceu?*
Foi o *estágio?*
Não quero que o *meu pai* te ajude.
Eu ofereci *primeiro.*
Por quê?
Não é uma competição.
Quer que eu *vá embora?*
Posso ligar pra Steph e ver se o Tristan pode me pegar aqui.
Ir embora?
Como pode achar que eu quero que você *vá embora* se estou dizendo que eu quero *te ajudar*?
Você me deixa *maluco.*

Eu *tento* te dizer que eu...
... *quero* te ajudar, e eu *seguro* a sua *mão*, mas isso não dá em nada...
Você *ainda* não entende.
Não entendo *o quê*, Hardin?
Que eu quero você.
Mais do que já quis alguém ou alguma coisa na vida.
Eu sei que você não sente a mesma coisa, mas eu...
Me beija.
Ele diz que *me quer*, e eu *estou pronta para ser dele.*
De verdade.
Faço *qualquer coisa* com ele, e não me importo com as consequências.
Eu sou dele desde que o beijei pela primeira vez.'

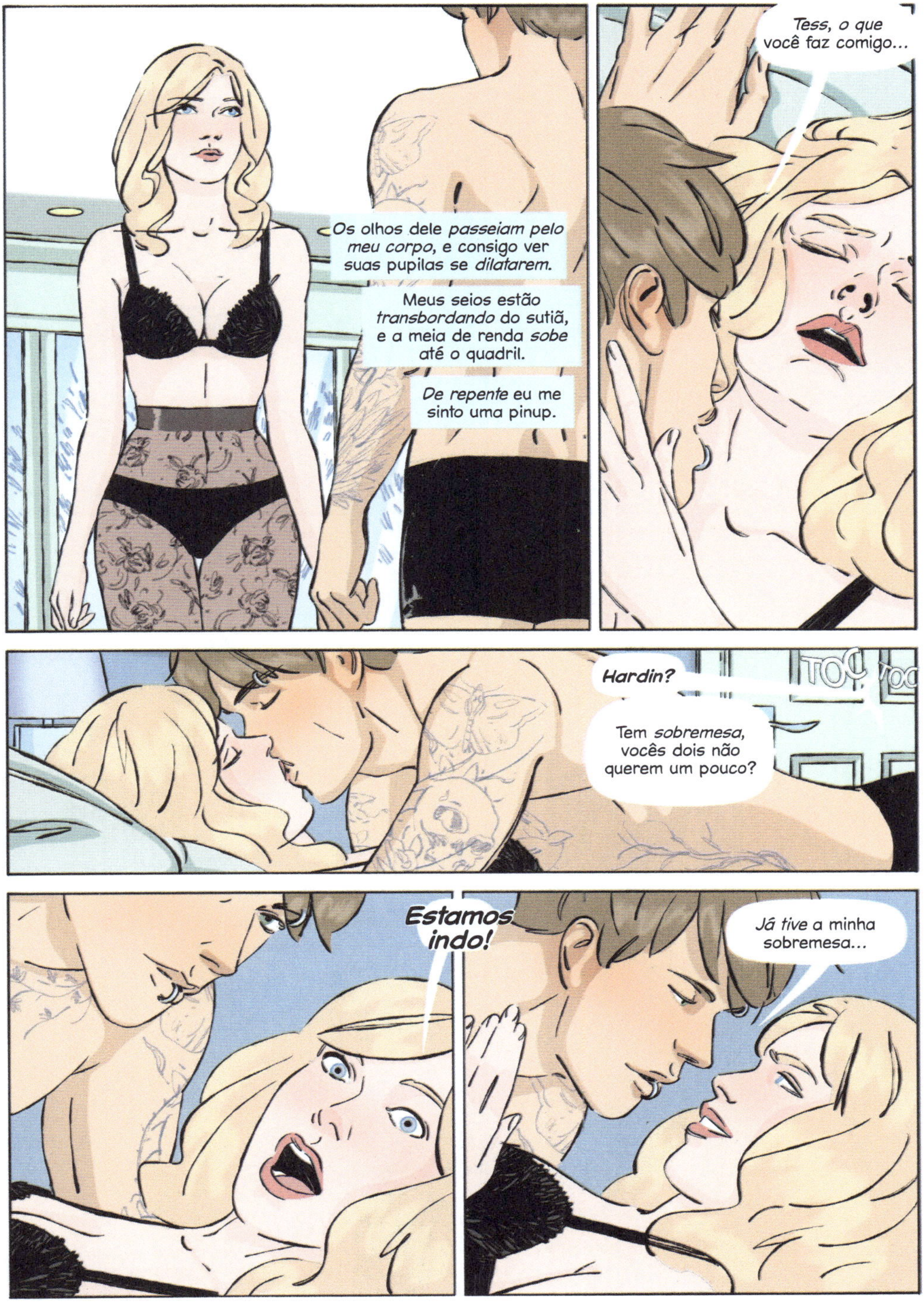
Os olhos dele passeiam pelo meu corpo, e consigo ver suas pupilas se dilatarem.
Meus seios estão transbordando do sutiã, e a meia de renda sobe até o quadril.
De repente eu me sinto uma pinup.
Tess, o que você faz comigo...
Hardin?
TOC TOC
Tem sobremesa, vocês dois não querem um pouco?
Estamos indo!
Já tive a minha sobremesa...

É muito bom receber o Hardin aqui, mesmo que seja só para o jantar.
Olha, Tessa, é *maravilhoso* ver o meu filho *gostando* de alguém...
Ele sempre teve muita raiva.
Nós *adoramos* ver o Hardin feliz.
Feliz?
Eles acham que o Hardin está feliz comigo?
Está na cara que o Ken não conhece o próprio filho.
A gente precisa *mesmo* ir. Tenho que levar a Tessa *de volta* pro dormitório.
Ah, *não sejam bobos.*
Passem a noite aqui.
A tempestade *piorou*, e nós temos *muito* espaço.
Vou mostrar um quarto pra Tessa...
... a menos que você prefira ficar com o *Hardin.*
Não, prefiro um quarto *só pra mim*, por favor.
Se não tiver *problema.*
Percebo que ele queria que eu ficasse no quarto dele.
Pensar nisso me excita, mas não me sinto à vontade com o Ken e a Karen na casa.

Oi, posso entrar?
Precisa de alguma coisa?
Landon, sinto *muito* por você ter *descoberto* sobre o Hardin e eu *daquele* jeito...
Me sinto *péssima* por *trair* o Noah, mas estou *tão* confusa.
Eu *tentei* ficar longe do Hardin.
Tentei, eu *juro*.
Não estou te julgando, Tessa.
Só fiquei surpreso quando vi vocês *se pegando* em vez de *gritando* um com o outro.
Não está *bravo* comigo?
Não, *claro* que não.
Mas estou *preocupado* com você e o Hardin.
Não quero que ele te magoe, e eu acho que *vai*.
Desculpa dizer isso, mas, como *seu amigo*, preciso que você saiba que ele vai.
Então, o que você vai fazer em relação ao Noah?
Não faço ideia.
Tenho medo de terminar o nosso namoro e me arrepender, mas o que eu estou fazendo com ele *não é justo*.
Eu preciso de um tempo pra decidir.
Entendi.
Tudo bem...
Boa noite, Tessa.
Obrigada, **Landon**.
Boa noite!

Não!!
NÃO! Por favor...
Hardin?
Não, NÃO!
Hardin...
Hardin, ACORDA!
Oi... Você está bem?
Tess...

BRRRR VRRRR BRRRR VRRRR BRRRR VRRRR
Já *volto.*
Te vejo lá embaixo.
Por que ele saiu do quarto pra atender o *telefone*?
Quem era?
A ***Molly?***
O que foi?
Por que está de *cara feia?*
Nada.
Vai, *me conta.*
Quem te ligou?
Foi a *Molly?*
Tessa, *não é* o que você está pensando.
Oi, pessoal.
Vamos embora depois de agradecer à Karen e ao Ken pela hospitalidade.
Foi divertido. E foi ótimo *sair um pouco* da rotina –
sem *listas*, sem *alarmes*, sem *obrigações*.
Não estou *pronta* para voltar à vida normal.

Ainda tá brava?
Não estou.
Não me importo nem um pouco se você vai me deixar em casa e ir transar com a Molly.
Não vou fazer isso.
Não que seja da sua conta.
É mesmo?
Bom, você correu pra atender o telefone...
Eu sabia que isso não ia durar.
E daí?
Vai me evitar por mais uma semana?
Nós dois sabemos que até o fim da semana você está de volta na minha cama.
Como é que é?!
Tessa!
Tessa, o que aconteceu?
Onde você estava?
Ai, meu Deus, Noah, agora não...

É que...
Desculpa, Noah.
Não foi isso que eu quis dizer.
Você estava com ele?
É isso?
Eu te liguei e mandei mensagem a noite toda e a manhã toda também...
O quê?
Você mexeu no meu celular, Hardin, NÃO FOI?
Você apagou as minhas MENSAGENS.
É...
Eu fiz isso.
Como OUSA fazer esse jogo comigo?
Não encosta nela.
Não venha ME DIZER o que fazer com a minha namorada, SEU BABACA.
Para, Hardin!
VAI EMBORA!

Não, desta vez eu *não* vou embora, Tess.
Já fiz isso *muitas vezes.*
Tessa, faz ele *ir embora!*
Por favor, me dá *mais uma chance.*
Eu sei que você já me deu *um monte*, mas eu *preciso* de *mais uma.*
Por favor, Tess.
CALA A BOCA!
Por que eu *faria* isso, Hardin?
Não paro de te dar chances.
Não tenho mais *vontade* de *continuar tentando.*
Uma vez você me disse que eu desperto o pior de você.
Mas você desperta o melhor que há em mim.
Eu quero que você ache que eu sou digno de você.
Quero que você me queira tanto quanto eu te quero.
Quero brigar com você, quero que a gente grite um com o outro até um de nós admitir que tá errado.
Quero te fazer rir e te ouvir falando sem parar sobre os seus romances clássicos...
Eu só...
... preciso de você...
Eu sei que sou cruel às vezes...
... bom, o tempo todo. Mas é que eu não sei ser de outro jeito.
Eu sou assim há tanto tempo, e nunca quis ser diferente.
Até agora...
Até você aparecer.
Continua...

NOS BASTIDORES DE
AFTER: A GRAPHIC NOVEL

O QUE DIZ A AUTORA, ANNA TODD, SOBRE A ADAPTAÇÃO DE *AFTER: A GRAPHIC NOVEL*

Oi, pessoal, aqui é a Anna comemorando mais um livro para a nossa coleção! *Obrigada por continuar esta jornada comigo.*

Voltar a esta história que todos nós amamos tanto é uma honra, além de muito divertido. Não só me motivou em criatividade como foi muito legal adaptar a história para um novo formato. Eu amo recontar e estou superanimada por fazer isso mais uma vez, de um jeito totalmente novo.

Essa ideia me foi sugerida pela primeira vez há alguns anos por um dos meus editores queridos, e no começo eu hesitei. Não queria prolongar minhas boas-vindas no Afterverso, ha ha, mas, inspirados pelo apoio e pelo amor intenso de todos por estes personagens, nós trabalhamos centenas de horas para trazer algo especial para vocês. Eu mantive em mente a essência da história e as cenas que são mais importantes para vocês, e espero que curtam reviver o amor do Hardin e da Tessa mais uma vez.

O processo da graphic novel começou com os esboços da Tessa e do Hardin, e, quando vi os dois, meu coração derreteu. O livro ganhou vida de um jeito totalmente novo, e vê-los se encontrarem e ter as primeiras experiências juntos foi ao mesmo tempo familiar e diferente. Espero que vocês riam e chorem com eles.

Trabalhar no roteiro deste livro foi a primeira experiência que tive de adaptar o meu romance para um formato curto, e, apesar de ter sido desafiador, aprendi muito e me apaixonei por essa forma de contar histórias. Parece que nós estamos começando mais uma aventura juntos, e estou muito animada que o primeiro volume esteja nas suas mãos!

Do fundo do meu coração, muito obrigada pelo seu apoio constante e pelo seu amor! Um brinde a nós por mais um projeto juntos. Vocês são o MELHOR fandom. ∞
Que venham muitas, muitas outras histórias!

E, para os novos leitores que acabaram de encontrar este livro, espero que a história os atraia e mude um pouquinho a sua vida. Se ela fizer vocês darem um sorrisinho que seja e puder ser uma válvula de escape deste mundo frenético, meu dever estará cumprido.

Anna Todd xo

CRIANDO OS PERSONAGENS

TESSA

NOME: THERESA LYNN YOUNG

APELIDO: TESSA, TESS

ANIVERSÁRIO: 19 DE DEZEMBRO

IDADE: 18

SIGNO: SAGITÁRIO

CIDADE NATAL: RICHLAND, WASHINGTON

CURSO NA FACULDADE: INGLÊS

HOBBIES: LER, COZINHAR, OUVIR MÚSICA, CUIDAR DE PLANTAS, PLANEJAR O FUTURO

HARDIN

NOME: HARDIN ALLEN SCOTT
ANIVERSÁRIO: 5 DE FEVEREIRO
IDADE: 20
SIGNO: AQUÁRIO
CIDADE NATAL: LONDRES, INGLATERRA
CURSO NA FACULDADE: INGLÊS
HOBBIES: LER LITERATURA CLÁSSICA, EDITAR, OUVIR MÚSICA, DIRIGIR SEU CARRO CLÁSSICO, SAIR COM MUITAS, MUITAS GAROTAS

STEPH

NOME: STEPHANIE JONES
APELIDO: STEPH
ANIVERSÁRIO: 1º DE MAIO
IDADE: 20
SIGNO: TOURO
CIDADE NATAL: NEW ORLEANS, LOUISIANA
CURSO NA FACULDADE: JÁ MUDOU DUAS VEZES, MAS NO MOMENTO ESTÁ CURSANDO MARKETING
HOBBIES: IR A FESTAS, USAR MAQUIAGEM, FAZER TATUAGENS, LER POESIA

NOAH

NOME: NOAH PORTER
ANIVERSÁRIO: 25 DE JULHO
IDADE: 18
SIGNO: LEÃO
CIDADE NATAL: RICHLAND, WASHINGTON
NO ÚLTIMO ANO DO COLÉGIO
HOBBIES: CORRER, JOGAR FUTEBOL, MARATONAR SÉRIES

LANDON

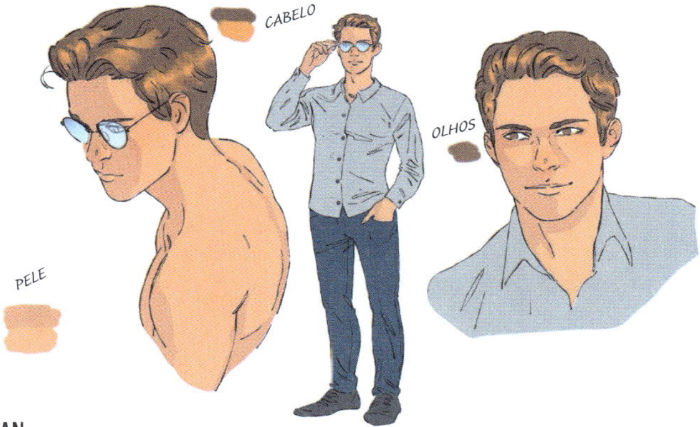

NOME: LANDON GIBSON
ANIVERSÁRIO: 29 DE AGOSTO
IDADE: 19
SIGNO: VIRGEM
CIDADE NATAL: SAGINAW, MICHIGAN
CURSO NA FACULDADE: PEDAGOGIA E INGLÊS
HOBBIES: LER LIVROS DE FANTASIA, MARATONAR *O SENHOR DOS ANÉIS* E *HARRY POTTER* MUITAS VEZES, TOMAR LATTES DIFERENTES

ZED

NOME: ZED EVANS
ANIVERSÁRIO: 1º DE DEZEMBRO
IDADE: 21
SIGNO: SAGITÁRIO
CIDADE NATAL: ORLANDO, FLÓRIDA
CURSO NA FACULDADE: BOTÂNICA/ESTUDOS AMBIENTAIS
HOBBIES: CUIDAR DE FLORES – DE FORMA CIENTÍFICA E RECREACIONAL, IR A FESTAS, FAZER TATUAGENS, OUVIR MÚSICA, FUMAR MACONHA

MOLLY

NOME: MOLLY SAMUELS
ANIVERSÁRIO: 23 DE AGOSTO
IDADE: 20
SIGNO: VIRGEM
CIDADE NATAL: FILADÉLFIA, PENSILVÂNIA
CURSO NA FACULDADE: ADMINISTRAÇÃO/MARKETING
HOBBIES: FUMAR MACONHA, SAIR COM OS CARAS, IR A FESTAS, FAZER RABISCOS NA CAPA DE SEUS LIVROS

TRISTAN

NOME: TRISTAN THOMAS
ANIVERSÁRIO: 21 DE MARÇO
IDADE: 20
SIGNO: ÁRIES
CIDADE NATAL: INDIANÁPOLIS, INDIANA
CURSO NA FACULDADE: HISTÓRIA DA ARTE
HOBBIES: TOMAR CHERRY VODKA SOUR, OBSERVAR AS ESTRELAS, TOCAR VIOLÃO, FAZER TATUAGENS

NATE

NOME: NATHAN BRYSON
APELIDO: NATE
ANIVERSÁRIO: 5 DE NOVEMBRO
IDADE: 21
SIGNO: ESCORPIÃO
CIDADE NATAL: ATLANTA, GEÓRGIA
CURSO NA FACULDADE: HISTÓRIA DA ARTE
HOBBIES: TATUAR OS AMIGOS, IR A FESTAS

OS PAIS

NOME: CAROL YOUNG
ANIVERSÁRIO: 30 DE OUTUBRO
IDADE: 42
SIGNO: ESCORPIÃO
CIDADE NATAL: PULLMAN, WASHINGTON
PROFISSÃO: CORRETORA DE IMÓVEIS
HOBBIES: MARATONAR AS INÚMERAS VERSÕES DE *REAL HOUSEWIVES*, SUPERPROTEGER A FILHA, ASSISTIR AOS CANAIS DE COMPRAS, FAZER COMPRAS

NOME: KENNETH SCOTT
APELIDO: KEN
ANIVERSÁRIO: 1º DE MAIO
IDADE: 41
SIGNO: TOURO
CIDADE NATAL: LONDRES, INGLATERRA
PROFISSÃO: REITOR DA WCU
HOBBIES: ESTUDAR ASSUNTOS ACADÊMICOS, VER FUTEBOL AMERICANO, VER HÓQUEI, VIAJAR COM A NOIVA, PASSEAR DE BARCO

NOME: KAREN GIBSON
ANIVERSÁRIO: 1º DE MARÇO
IDADE: 43
SIGNO: PEIXES
CIDADE NATAL: SAGINAW, MICHIGAN
PROFISSÃO: DONA DE CASA
HOBBIES: COZINHAR, FAZER BOLOS, ORGANIZAR JANTARES, FAZER TRABALHO VOLUNTÁRIO, FAZER JARDINAGEM DE ESTUFA, PLANEJAR O CASAMENTO COM KEN

O ILUSTRADOR PABLO ANDRÉS E O PROCESSO ARTÍSTICO DE *AFTER: A GRAPHIC NOVEL*

Eu geralmente misturo lápis, papel e desenho digital nos meus trabalhos, principalmente nas etapas iniciais de um projeto. Mas, para este livro, o processo de desenho foi totalmente digital, desde os primeiros esboços até o fim. Eu trabalho com o Clip Studio Paint em uma Cintiq 22HD, equipamento que me acompanha nas muitas e muitas do meu dia.

Primeiro, eu reúno todas as referências e detalhes que consigo encontrar sobre os personagens, desde conceitos gerais a detalhes específicos, e até a música que os inspirou. Tudo ajuda! E então eu começo a desenhar. Em geral não faço muitos esboços preliminares, só os necessários para capturar o essencial. Eles também não são muito acabados, então, quando eu termino, os desenhos não perderam a atitude e o frescor.

A Tessa foi uma das personagens mais difíceis. Embora o conceito fosse claro, eu fiz vários testes até chegar ao visual que ela deveria ter neste livro. O caráter dela evolui muito ao longo da história, e foi um desafio capturar essas mudanças.

Nos primeiros desenhos do Hardin – cabelo desalinhado, testa livre, contornos mais marcantes e formas duras —, fiz uma silhueta oposta à do Noah, que tem cabelo arrumado, formas suaves e contornos mais delicados. Foi interessante brincar com esse contraste para marcar o antagonismo entre dos dois personagens no aspecto visual. Eu também quis aproveitar as roupas do Hardin como a única silhueta preta, ao contrário do restante dos personagens e ambientes.

Depois que os personagens estão definidos, eu costumo pular direto para o storyboard. Gosto de descobrir o comportamento dos personagens em situações vividas nas páginas.

AMBIENTANDO A CENA

O processo de STORYBOARD mostra a visualização — como os olhos do leitor vão seguir a ação na página. A gente tem que levar em consideração em que parte vai inserir as viradas de página e onde vai abrir espaço para os balões de fala e as legendas narrativas.

A TINTA é o passo seguinte, mais finalizado, depois que o storyboard é aprovado. A arte-final reflete o planejamento estabelecido nos storyboards, considerando eventuais falhas ou ajustes. Em *After: a graphic novel, volume 1*, também significou estabelecer o uso forte do preto para destacar o Hardin visualmente pela primeira vez.

A **COLORIZAÇÃO** na arte-final para dar cor e dimensão à Tessa, ao Hardin e ao mundo deles. Os tons de pele e cabelo dos personagens foram definidos com antecedência para que a gente pudesse ter a paleta de cores, e com as cores os frames ilustrados ganham vida conforme o plano de fundo, a ambientação e as cenas dinâmicas tomam forma. As cores foram adicionadas pelo artista Werner Sánchez e sua equipe, e o lettering foi feito por Jay Flores-Holz.

A EVOLUÇÃO DA ARTE

Fique sentada na beira e eu te ajudo a entrar.
Por que o meu corpo tem que reagir desse jeito *toda vez* que ele me toca?
Você podia tirar a minha *camiseta*. Seria *mais fácil* nadar.
Acho que você *me deve* uma resposta.
Quem você *mais ama* no mundo?
Eu mesmo.
Não pode ser.
E os seus *pais*?
Você *ama* os seus pais?
Não quero falar sobre os meus pais.

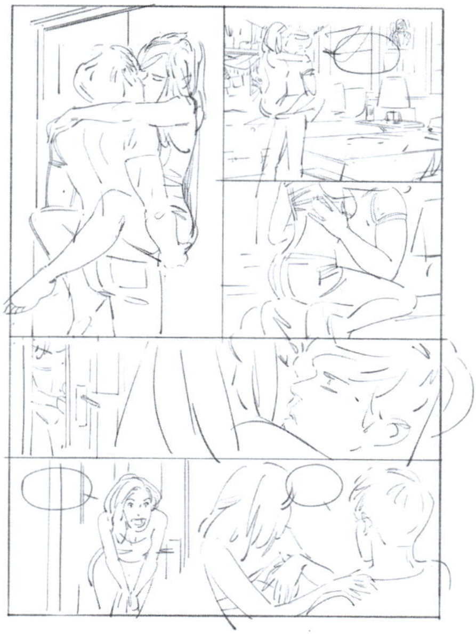

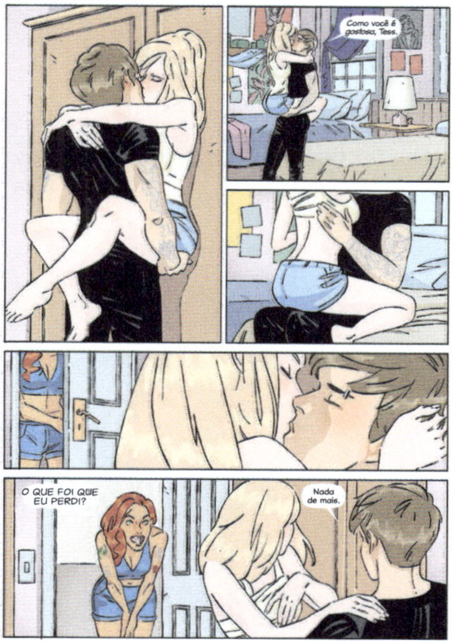
Como você é gostosa, Tess.
O QUE FOI QUE EU PERDI?
Nada de mais.

ANNA TODD (escritora/produtora/influenciadora) é autora best-seller do *New York Times* com a série After. Sempre uma leitora ávida, Todd começou a escrever histórias no celular e a publicar no Wattpad, até que After se tornou a série mais lida da plataforma, com mais de dois bilhões de leituras. Ela foi aclamada pela *Cosmopolitan* como "o maior fenômeno literário da sua geração". A edição impressa de *After* foi publicada em 2014. Desde então, o livro foi lançado em mais de trinta e cinco idiomas e já vendeu mais de doze milhões de cópias no mundo todo, tornando-se best-seller número 1 em vários países. Ela atuou como produtora e roteirista nas adaptações cinematográficas de *After e After: depois da verdade.* Anna nasceu em Ohio e mora com a família em Los Angeles.

AFTER: A GRAPHIC NOVEL [VOLUME 1]

BASEADO NO ROMANCE BEST-SELLER INTERNACIONAL CRIADO E ESCRITO POR ANNA TODD

Ilustrado por
PABLO ANDRÉS
JAVIER ARANDA (ilustrador assistente)

Colorido por
WERNER SÁNCHEZ

Adaptado por
VÉRONIQUE GRISSEAUX

Lettering por
JAY FLORES-HOLZ

Direção do projeto
MARIE MAUBLAN

Editoras
BÉNITA ROLLAND
ANNE MESSITTE
FLAVIA VIOTTI

Traduzido do francês por
MARIE-CHRISTINE TRICOTTET

Produção
NEIL ERICKSON
PATRICK MCCORMICK
DELANEY ANDERSON
REBECCA MILLS

CONTINUE LENDO A HISTÓRIA DE AMOR DE TESSA E HARDIN EM

AFTER: A GRAPHIC NOVEL (VOLUME 2)

AFTER : A Graphic Novel (Volume 2)

PÁGINA 1

Quadro 1:
Close no rosto da Tessa, arrasada, perdida. Uma lágrima escorre em sua bochecha.

Quadro 2:
Foco em Hardin, Tessa e Noah no quarto dela. Hardin está falando com Tessa. Noah está bravo.

Noah: O que significa isso, Tessa?

Quadro 3:
Foco em Tessa chegando perto de Hardin, mantendo contato visual.

Tessa (sussurrando): É melhor você ir embora.

Quadro 4:
Foco nos três. Noah ergue os olhos para o céu, frustrado mas aliviado. Hardin e Tessa olham um para o outro.

Noah: Obrigado! Pensei que isso nunca fosse acabar.
Tessa: Noah, eu disse que é melhor você ir embora.

Quadro 5 :
Foco em Noah, paralisado, surpreso.

Noah: O quê?

EM BREVE...

Impresso no Brasil pela Gráfica Bartiragráfica